念人憶事

—徐訏文集—

散文卷

導言　徬徨覺醒：徐訏的文學道路

陳智德

「個人的苦悶不安，徬徨無依之感，正如在大海狂濤中的小舟。」[1]

——徐訏〈新個性主義文藝與大眾文藝〉

在二十世紀四、五十年代之交，度過戰亂，再處身國共內戰意識形態對立夾縫之間的作家，應自覺到一個時代的轉折在等候著，尤其在當時主流的左翼文壇以外，被視為「自由主義作家」或「小資產階級作家」的一群，包括沈從文、蕭乾、梁實秋、張愛玲、徐訏等等，一整代人在政治旋渦以至個人處境的去與留之間徘徊，最終作出各種自願或不由自主的抉擇。

1　徐訏〈新個性主義文藝與大眾文藝〉，收錄於《現代中國文學過眼錄》，台北：時報文化，一九九一。

一

一九四六年八月，徐訏結束接近兩年間《掃蕩報》駐美特派員的工作，從美國返回中國，直至一九五〇年中離開上海奔赴香港，在這接近四年的歲月中，他雖然沒有寫出像《鬼戀》和《風蕭蕭》這樣轟動一時的作品，卻是他整理和再版個人著作的豐收期，他首先把《風蕭蕭》交給由劉以鬯及其兄長新近創辦起來的懷正文化社出版，據劉以鬯回憶，該書出版後，「相當暢銷，不足一年，（從一九四六年十月一日到一九四七年九月一日），印了三版」[2]，其後再由懷正文化社或夜窗書屋初版或再版了《阿剌伯海的女神》（一九四六年初版）、《烟圈》（一九四六年初版）、《蛇衣集》（一九四八年初版）、《幻覺》（一九四八年初版）、《四十詩綜》（一九四八年初版）、《兄弟》（一九四七年再版）、《母親的肖像》（一九四七年再版）、《生與死》（一九四七年再版）、《春韮集》（一九四七年再版）、《一家》（一九四七年再版）、《海外的鱗爪》（一九四七年再版）、《舊神》（一九四七年再版）、《成人的童話》（一九四七年再版）、《西流集》（一九四七年再版）、潮來的時候（一九四八年再版）、《黃浦江頭的夜月》（一九

[2] 劉以鬯〈憶徐訏〉，收錄於《徐訏紀念文集》，香港：香港浸會學院中國語文學會，一九八一。

四八年再版）、《吉布賽的誘惑》（一九四九再版）、《婚事》（一九四九年再版），[3]粗略統計從一九四六年至一九四九年這三年間，徐訏在上海出版和再版的著作達三十多種，成果可算豐盛。

《風蕭蕭》早於一九四三年在重慶《掃蕩報》連載時已深受讀者歡迎，一九四六年首次結集成單行本出版，沈寂的回憶提及當時讀者對這書的期待：「這部長篇在內地早已是暢銷一時的名著，可是淪陷區的讀者還是難得一見，也是早已企盼的文學作品」[4]，當劉以鬯及其兄長創辦懷正文化社，就以《風蕭蕭》為首部出版物，十分重視這書，該社創辦時發給同業的信上，即頗為詳細地介紹《風蕭蕭》，作為重點出版物。徐訏有一段時期寄住在懷正文化社的宿舍，與社內職員及其他作家過從甚密，直至一九四八年間，國共內戰愈轉劇烈，幣值急跌，金融陷於崩潰，不單懷正文化社結束業務，其他出版社也無法生存，徐訏這階段整理和再版個人著作的工作，無法避免遭遇現實上的挫折。

然而更內在的打擊是一九四八至四九年間，主流左翼文論對被視為「自由主義作家」或「小資產階級作家」的批判，一九四八年三月，郭沫若在香港出版的《大眾文藝叢刊》

3 以上各書之初版及再版年份資料是據賈植芳、俞元桂主編《中國現代文學總書目》、北京圖書館編《民國時期總書目，一九一一－一九四九》。

4 沈寂〈百年人生風雨路——記徐訏〉，收錄於《徐訏先生誕辰100週年紀念文選》，上海：上海社會科學院出版社，二〇〇八。

第一輯發表〈斥反動文藝〉，把他心目中的「反動作家」分為「紅黃藍白黑」五種逐一批判，點名批評了沈從文、蕭乾和朱光潛。該刊同期另有邵荃麟〈對於當前文藝運動的意見——檢討·批判·和今後的方向〉一文重申對知識份子更嚴厲的要求，包括「思想改造」。雖然徐訏不像沈從文般受到即時的打擊，但也逐漸意識到主流文壇已難以容納他，如沈寂所言：「自後，上海一些左傾的報紙開始對他批評。他無動於衷，直至解放，輿論對他公開指責。稱《風蕭蕭》歌頌特務。他也不辯論，知道自己不可能再在上海逗留，上海也不會再允許他曾從事一輩子的寫作，就捨別妻女，離開上海到香港。」[5] 一九四九年五月二十七日，解放軍攻克上海，中共成立新的上海市人民政府，徐訏仍留在上海，差不多一年後，終於不得不結束這階段的工作，在不自願的情況下離開，從此一去不返。

二

一九五〇年的五、六月間，徐訏離開上海來到香港。由於內地政局的變化，其時香港聚集了大批從內地到港的作家，他們最初都以香港為暫居地，但隨著兩岸局勢進一步變

5 沈寂〈百年人生風雨路——記徐訏〉，收錄於《徐訏先生誕辰100週年紀念文選》，上海：上海社會科學院出版社，二〇〇八。

化，他們大部份最終定居香港。另一方面，美蘇兩大陣營冷戰局勢下的意識形態對壘，造就五十年代香港文化刊物興盛的局面，內地作家亦得以繼續在香港發表作品。徐訏的寫作以小說和新詩為主，來港後亦寫作了大量雜文和文藝評論，五十年代中期，他以「東方既白」為筆名，在香港《祖國月刊》及台灣《自由中國》等雜誌發表〈從毛澤東的沁園春說起〉、〈新個性主義文藝與大眾文藝〉、〈在陰黯矛盾中演變的大陸文藝〉等評論文章，部份收錄於《在文藝思想與文化政策中》、《回到個人主義與自由主義》及《現代中國文學過眼錄》等書中。

徐訏在這系列文章中，回顧也提出左翼文論的不足，特別對左翼文論的「黨性」提出質疑，也不同意左翼文論要求知識份子作思想改造。這系列文章在某程度上，可說回應了一九四八、四九年間中國大陸左翼文論的泛政治化觀點，更重要的，是徐訏在多篇文章中，以自由主義文藝的觀念為基礎，提出「新個性主義文藝」作為他所期許的文學理念，他說：「新個性主義文藝必須在文藝絕對自由中提倡，要作家看重自己的工作，對自己的人格尊嚴有覺醒而不願為任何力量做奴隸的意識中生長。」[6]徐訏文藝生命的本質是小說家、詩人，理論鋪陳本不是他強項，然而經歷時代的洗禮，他也竭力整理各種思想，最終

[6] 徐訏〈新個性主義文藝與大眾文藝〉，收錄於《現代中國文學過眼錄》，台北：時報文化，一九九一。

仍見頗為完整而具體地，提出獨立的文學理念，尤其把這系列文章放諸冷戰時期左右翼意識形態對立、作家的獨立尊嚴飽受侵蝕的時代，更見徐訏提出的「新個性主義文藝」所倡導的獨立、自主和覺醒的可貴，以及其得來不易。

《現代中國文學過眼錄》一書除了選錄五十年代中期發表的文藝評論，包括《在文藝思想與文化政策中》和《回到個人主義與自由主義》二書中的文章，也收錄一輯相信是他七十年代寫成的回顧五四運動以來新文學發展的文章，集中在思想方面提出討論，題為「現代中國文學的課題」，多篇文章的論述重心，正如王宏志所論，是「否定政治對文學的干預」[7]，而當中表面上是「非政治」的文學史論述，「實質上具備了非常重大的政治意義：它們否定了大陸的文學史論述」[8]，徐訏所針對的是五十年代至文革期間中國大陸所出版的文學史當中的泛政治論述，動輒以「反動」、「唯心」、「毒草」、「逆流」等字眼來形容不符合政治要求的作家；所以王宏志最後提出《現代中國文學過眼錄》一書的「非政治論述」，實際上「包括了多麼強烈的政治含義」。這政治含義，其實也就是徐訏對時代主潮的回應，以「新個性主義文藝」所倡導的獨立、自主和覺醒，抗衡時代主潮對

[7] 王宏志〈心造的幻影——談徐訏的《現代中國文學的課題》〉，收錄於《歷史的偶然：從香港看中國現代文學史》，香港：牛津大學出版社，一九九七。

[8] 同前註。

作家的矮化和宰制。

《現代中國文學過眼錄》一書顯出徐訏獨立的知識份子品格，然而正由於徐訏對政治和文藝的清醒，使他不願附和於任何潮流和風尚，難免於孤寂苦悶，亦使我們從另一角度了解徐訏文學作品中常常流露的落寞之情，並不僅是一種文人性質的愁思，而更由於他的清醒和拒絕附和。一九五七年，徐訏在香港《祖國月刊》發表〈自由主義與文藝的自由〉一文，除了文藝評論上的觀點，文中亦表達了一點個人感受：「個人的苦悶不安，徬徨無依之感，正如在大海狂濤中的小舟。」[9] 放諸五十年代的文化環境而觀，這不單是一種「個人的苦悶」，更是五十年代一輩南來香港者的集體處境，一種時代的苦悶。

三

徐訏到香港後繼續創作，從五十至七十年代末，他在香港的《星島日報》、《星島週報》、《祖國月刊》、《今日世界》、《文藝新潮》、《熱風》、《筆端》、《七藝》、《新生晚報》、《明報月刊》等刊物發表大量作品，包括新詩、小說、散文隨筆和評論，並先後結集為單行本，著者如《江湖行》、《盲戀》、《時與光》、《悲慘的世紀》等。

[9] 徐訏〈自由主義與文藝的自由〉，收錄於《個人的覺醒與民主自由》，台北：傳記文學出版社，一九七九。

香港時期的徐訏也有多部小說改編為電影，包括《風蕭蕭》（屠光啟導演、編劇，香港：邵氏公司，一九五四）、《傳統》（唐煌導演、徐訏編劇，香港：亞洲影業有限公司，一九五五）、《痴心井》（唐煌導演、王植波編劇，香港：邵氏公司，一九五五）、《鬼戀》（屠光啟導演、編劇，香港：麗都影片公司，一九五六）、《盲戀》（易文導演、徐訏編劇，香港：新華影業公司，一九五六）、《後門》（李翰祥導演、王月汀編劇，香港：邵氏公司，一九六〇）、《江湖行》（張曾澤導演、倪匡編劇，香港：邵氏公司，一九七三）、《人約黃昏》（改編自《鬼戀》，陳逸飛導演、王仲儒編劇，香港：思遠影業公司，一九九六）等。

徐訏早期作品富浪漫傳奇色彩，善於刻劃人物心理，如〈鬼戀〉、〈吉布賽的誘惑〉、〈精神病患者的悲歌〉等，五十年代以後的香港時期作品，部份延續上海時期風格，如《江湖行》、《後門》、《盲戀》，貫徹他早年的風格，另一部份作品則表達歷經離散的南來者的鄉愁和文化差異，如小說〈過客〉、詩集《時間的去處》和《原野的呼聲》等。

從徐訏香港時期的作品不難讀出，徐訏的苦悶除了性格上的孤高，更在於內地文化特質的堅守，拒絕被「香港化」。在《鳥語》、〈過客〉和《癡心井》等小說的南來者角色眼中，香港不單是一塊異質的土地，也是一片理想的墓場、一切失意的觸媒。一九五〇年的《鳥語》以「失語」道出一個流落香港的上海文化人的「雙重失落」，而在《癡心井》的終末則提出香港作為上海的重像，形似卻已毫無意義。徐訏拒絕被「香港化」的心志更具體見於一九五八年的〈過客〉，自我關閉的王逸心以選擇性的「失語」保存他的上海性，一種不見容於當世的孤高，既使他與現實格格不入，卻是他保存自我不失的唯一途徑。[10]

徐訏寫於一九五三年的〈原野的理想〉一詩，寫青年時代對理想的追尋，以及五十年代從上海「流落」到香港後的理想幻滅之感：

多年來我各處漂泊，
唯願把血汗化為愛情，
遍灑在貧瘠的大地，
孕育出燦爛的生命。

但如今我流落在污穢的鬧市，

10 參陳智德《解體我城：香港文學1950-2005》，香港：花千樹出版有限公司，二〇〇九。

陽光裡飛揚著灰塵，
垃圾混合著純潔的泥土，
花不再鮮豔，草不再青。

海水裡漂浮著死屍，
山谷中蕩漾著酒肉的臭腥，
潺潺的溪流都是怨艾，
多少的鳥語也不帶歡欣。

茶座上是庸俗的笑語，
市上傳聞著漲落的黃金，
戲院裡都是低級的影片，
街頭擁擠著廉價的愛情。

此地已無原野的理想，
醉城裡我為何獨醒，

三更後萬家的燈火已滅，
何人在留意月兒的光明。

「原野的理想」代表過去在內地的文化價值，在作者如今流落的「污穢的鬧市」中完全落空，面對的不單是現實上的困局，更是觀念上的困局。這首詩不單純是一種個人抒情，更哀悼一代人的理想失落，筆調沉重。〈原野的理想〉一詩寫於一九五三年，其時徐訏從上海到香港三年，由於上海和香港的文化差距，使他無法適應，但正如同時代大量從內地到香港的人一樣，他從暫居而最終定居香港，終生未再踏足家鄉。

四

司馬長風在《中國新文學史》中指徐訏的詩「與新月派極為接近」，並以此而得到司馬長風的正面評價，[11] 徐訏早年的詩歌，包括結集為《四十詩綜》的五部詩集，形式大多是四句一節，隔句押韻，一九五八年出版的《時間的去處》，收錄他移居香港後的詩作，形式上變化不大，仍然大多是四句一節，隔句押韻，大概延續新月派的格律化形式，使徐

11 司馬長風《中國新文學史（下卷）》，香港：昭明出版社，一九七八。

訏能與消逝的歲月多一分聯繫，該形式與他所懷念的故鄉，同樣作為記憶的一部份，而不忍割捨。

在形式以外，《時間的去處》更可觀的，是詩集中〈原野的理想〉、〈記憶裡的過去〉、〈時間的去處〉等詩流露對香港的厭倦、對理想的幻滅、對時局的憤怒，很能代表五十年代一輩南來者的心境，當中的關鍵在於徐訏寫出時空錯置的矛盾。對現實疏離，形同放棄，皆因被投放於錯誤的時空，卻造就出《時間的去處》這樣近乎形而上地談論著厭倦和幻滅的詩集。

六七十年代以後，徐訏的詩歌形式部份仍舊，卻有更多轉用自由詩的形式，不再四句一節，隔句押韻，這是否表示他從懷鄉的情結走出？相比他早年作品，徐訏六七十年代以後的詩作更精細地表現哲思，如《原野的理想》中的〈久坐〉、〈等待〉和〈觀望中的迷失〉、〈變幻中的蛻變〉等詩，嘗試思考超越的課題，亦由此引向詩歌本身所造就的超越。另一種哲思，則思考社會和時局的幻變，《原野的理想》中的〈小島〉、〈擁擠著的群像〉以及一九七九年以「任子楚」為筆名發表的〈無題的問句〉，時而抽離、時而質問，以至向自我的內在挖掘，尋求回應外在世界的方向，尋求時代的真象，因清醒而絕望，卻不放棄掙扎，最終引向的也是詩歌本身所造就的超越。

最後，我想再次引用徐訏在《現代中國文學過眼錄》中的一段：「新個性主義文藝必須在文藝絕對自由中提倡，要作家看重自己的工作，對自己的人格尊嚴有覺醒而不願為任何力量做奴隸的意識中生長。」[12]時代的轉折教徐訏身不由己地流離，歷經苦思、掙扎和持續的創作，最終以倡導獨立自主和覺醒的呼聲，回應也抗衡時代主潮對作家的矮化和宰制，可說從時代的轉折中尋回自主的位置，其所達致的超越，與〈變幻中的蛻變〉、〈小島〉、〈無題的問句〉等詩歌的高度同等。

*陳智德：筆名陳滅，一九六九年香港出生，台灣東海大學中文系畢業，香港嶺南大學哲學碩士及博士，現任香港教育學院文學及文化學系助理教授，著有《解體我城：香港文學1950-2005》、《地文誌——追憶香港地方與文學》、《抗世詩話》以及詩集《市場，去死吧》、《低保真》等。

12 徐訏〈新個性主義文藝與大眾文藝〉，收錄於《現代中國文學過眼錄》，台北：時報文化，一九九一。

目次

念人憶事

魯迅先生的墨寶與良言

偶在坊間看到一本影印的魯迅詩稿，附錄中有魯迅的在寫自己詩稿外的墨跡，都是錄前人的詩，以應別人對他求賜墨寶的。其中兩幅則是一九三五年我請他寫的，一幅是立軸，一幅是橫條，——這橫條在複製時也被併成立軸。本來的上款，則都被切了。我不知道這是我家人破落後賣出去，還是響應徵求魯迅墨寶而獻出的，或因家遭搜劫，因而沒收了。幸虧魯迅先生死了，不然的話，贈這兩幅字給我，該也有被清算與要求「交代」之可能罷？

我不敢高攀魯迅先生，既不會說「我的朋友……」，也挨不上做他的學生，更不是他的親密戰友。我只是一個相信魯迅先生是有文學天才與有文學修養的人。我敬佩他的天才也因而不相信他是聖人；天才的性格都有偏僻之缺點，魯迅自亦難免份。

每個時代都可能有各種天才，但是如果這個社會不能容忍這樣的天才，或無法使這個天才有所發展，那麼往往是這個社會不夠進步，或者某方面不夠進步。中國科學天才都要在美國開花已足夠證明這件事實了。我相信如果魯迅處在較進步的社會，他一定可以寫出更多更偉大的作品，不然的話，也會寫出一部中國始終付闕如的好的中國文學史來的。

中國沒有一部好的文學史，實在是因為中國的學問中，所分的經史子集，太難規定於「文學」的標準。而文學批評這東西又是沒有發展成一個科學的學問。金岳霖在審查馮友蘭的《中國哲學史》報告中，說到中國哲學與西洋哲學的範疇並不是一致的話，我覺得在文學上也是一樣。金岳霖說：「……以歐洲的哲學問題為普遍的哲學問題，當然有武斷的地方，但是這種趨勢不容易中止。既然如此，先秦諸子所討論的問題，或者整個的是，或者整個不是哲學問題；或者部分的是，或者部分的不是哲學問題；這是寫中國哲學史的先決問題……」這個意見，是寫中國哲學史的難題，我想寫中國文學史也竟有這個難題。以前人寫中國文學史，把戲劇與小說完全不當作文學，是一種態度。我們現在看來覺得不對，那是受西洋文學概念的影響。後來有人寫文學史，大大的宣揚元曲及話本的作品，如鄭振鐸把關漢卿同莎氏比亞去比，我覺得也有點不倫不類。我相信要寫一部完美的中國文學史，他需要一個西洋文學的範疇，而又要有中國文學欣賞的一個角度。這實在是需要學貫中西的人士來做的工作。所謂欣賞角度，這實在是一個傳統的習慣。西洋藝術史上的演變，正是欣賞角度的轉變。譬如說，當寫實主義盛行之時，人們習慣於「像真」這個角度來欣賞藝術，那麼「不像真」就是不好。這也就是許多保守的人看現代畫，說它們不知道畫些什麼東西的一種態度。如果換一個角度，我常覺得西洋文人，即使最想了解中國文學的人都不能欣賞中國詩歌，文字的隔閡固是一個原因，重要的還是他們無法跳出欣賞西洋文學這個角度。因此，我們雖要用西洋文學範疇來編中國文學史，還需要一個中國文學的欣賞與批評的態度。這自然是我個人的陋見，並不敢強人相同的。

魯迅對於中國文學的研究，說過幾句話。他說，研究中國文學，古代的嫌材料太少；近代的又嫌材料太多，這話自很有見地。但是他的後來那種「階級文學」觀，實際上是極幼稚淺薄的錯覺。他晚年似很有志於寫一部中國文學史，但抱著「階級文學」的欣賞角度，其無法下筆是可想而知的。

魯迅不是我的偶像，我也不贊同他的思想；但他是我所敬佩的作家。他於一九三〇年左右到北平一次，在北京大學三院演講，我曾經碰見他，並沒有談什麼話。以後在上海，也沒有同他往還。我對於要人名人很少有巴結的能耐，所以從未有目的的求接近誰的門牆。不過有一次，林語堂請魯迅吃飯，我得敬陪末坐，那時候我才二十四歲，大學畢業不久。林語堂先生主編《人間世》，我擔任編輯。魯迅與林語堂是老朋友，他們有許多話可談，我只是在旁聽而已。其中印象深的，是那時左派在各報攻擊《人間世》，大都是雜感式的文章。魯迅很幽默的問林語堂：

「你知道哪幾篇是我寫的？」

「總是那些不幼稚的幾篇。」林語堂笑著說。

「不見得吧，我正在學幼稚的寫法呢。」魯迅說。

那時候學魯迅的筆觸寫雜感的人很多，魯迅的話是說別人在學他，他則偏在學別人。

我覺得他們談話很有風趣，實在沒有什麼「敵」「我」分明。而我個人始終有一種自由主義的成見，作為一個編輯，希望不同意見的文章同在《人間世》上出現，所以不久後，我寫一封信給魯迅，請他為《人間世》寫點稿子。我好像說，如果他不贊成《人間世》閒適的態度，就更應當在《人間世》寫點匕首長矛的文章。他回信拒絕我的所請，其中有一句我還記得，是：「……靜觀大師們打太極拳而已。」這以後我也沒有再寫信給他。但是後來他忽然介紹一位署名「閒齋」的作者文章給我們，叫我如不用則退還給他，因為他是受朋友之託。這樣大概又通了一封信。魯迅的信都是用白宣紙毛筆寫的，寫得非常工整，我看了非常慚愧。因為我總是洋紙洋筆在寫信。我覺得他的字很可愛，所以就寫了一封信，說我想請他寫一幅字，他回信居然答應了，但幽默地說，他不寫格言之類；於是我就買了宣紙送到內山書店，我好像還寫了一封信，那時我正預備結婚，我就說，我希望成家時有他的墨寶以光寒齋的話，他於不久後就給我信，叫我到內山書店去取。那就是這兩幅字。

我對於魯迅的印象就是他對人的慷慨與沒有架子。這兩幅字，一直在我手裡，現在如果應送交魯迅的紀念館，自也應該，但刪切給我的「上款」，則太顯得中共的小器了。

一九四九年，好像有魯迅紀念委員會徵集魯迅的書札，我那時在上海，想到魯迅給我幾封信，很想交去，但這些信都放在雜亂的笥篋中，笥篋又遠放在老家，所以無法去找。現在不知是否也已經飛昇到魯迅的紀念館中了？

魯迅寫給我的這兩幅字，林語堂先生自然是見過的。那幅「金家香弄千輪鳴，楊雄秋室無俗聲」的橫條，我想劉以鬯也許也會記得。那時候以鬯與他的哥哥同鎮辦懷正出版社，我在社中寄居過一陣，那幅字曾經在社中客廳裡掛過。這裡自然不是要標榜魯迅同我什麼交情，倒是想說明魯迅為人的另一面。台灣《傳記文學》上曾有蘇雪林寫魯迅的文章，刻薄陰損，似有太過。特別是關於魯迅在金錢上小器一節，我覺得是與事實完全相反的。在前輩的文化界名人中，能夠慷慨助青年的作家與教育界人士的，據我所知，是沒有一個人可以與魯迅比的。我雖沒有和魯迅有什麼金錢或其他往還，但耳聞的實在太多。許多從內地以及以後從東北來的流亡年輕作家，求魯迅幫助的，或多或少，總沒有失望過。而鼎鼎大名的袞袞諸公比魯迅富有的則往往是一毛不拔的。有人說，這是魯迅的想有群眾，是以小惠籠絡青年的手段，但許多事實是魯迅有時並不要別人知道是他的藉助。我覺得魯迅對於弱者貧者的確是有更多同情心。其實即以對人施惠以籠絡人心來說，世上有多少人一心想有群眾而不肯對人施小惠的多著呢。許多過分刻薄的批評可以使任何善舉都成為醜惡。我年輕時也相信過階級革命一套的理論，對人道主義認為是沖淡階級仇恨的把戲。如遇有人對窮人施捨，就以麻醉窮人的革命意識來想他，那麼世上還有什麼可稱為好事？我覺得一個人對第二個人的幫忙（不管他是出錢出力），只要他沒有附帶條件，而這幫忙確是從他自己的腰包、或時間、或體力分出來的，無論如何比不肯犧牲自己的人為可敬與可愛。

最近偶而看到林語堂的憶魯迅的文章，裡面有那麼一段：

……有一回我幾乎跟他鬧翻了。事情是小之又小，是魯迅神經過敏。那時有一位青年作家，名張友松。張請吃飯，在北四川路一家小店樓上。在座記得有郁達夫，王映霞，許女士（廣平）及內人。張友松要出來自己辦書店或雜誌，所以拉我們一些人。他是不滿於北新書店的老闆李小峯，說他對作者欠賬不還等等，他自己要好好的做。我也說兩句附和的話。不想魯迅疑我在說他。真是奇事！大概他多喝一杯酒，忽然咆哮起來，我內子也在場。怎麼一回事？原來李小峯也欠了魯迅不少帳，也與李小峯辦過什麼交涉，我實不知情，而我所說的並非衛護李小峯的話。那時李小峯因北新書店，發了一點財，在外養女人，與新潮時代的李小峯不同了。（我就喜歡孫伏園始終瀟灑。）這樣，他是多心，我是無猜，兩人對視像一對雄鷄一樣，對了足足一兩分鐘。幸虧郁達夫作和事老，幾位在座女人都覺得『嘸趣』。這樣一場風波，也就安然度過了。

林氏並未註明時期，我想那大概是他在廈門大學任文學院長之前。這裡所說「魯迅神經過敏」，我想是中肯的。在魯迅給曹聚仁的信中，有那麼一段：

語堂是我的老朋友，我應以朋友待之。當《人間世》還未出世，《論語》已很無聊時，曾經竭了我的誠意，寫了一封信，勸他放棄這玩意，我並不主張他去革命，拚死，只勸他譯些英國文學名作，以他的英文程度，不但譯本於今有用，在將來恐怕也有用的。他回我的信是說，這些事等他老了再說。這時我才悟到我的意見，在語堂看來是暮氣，但我至今還自信是良言，要他在中國有益，要他在中國存留，並非要他消滅。……

這裡語堂回魯迅的信，說「等老了再說」的話，實在是語堂一句隨口的話，決沒有看魯迅的意見是「暮氣」。語堂編輯《論語》時代，他在從事寫他英文著作《吾國與吾民》，他的「等老了再說」就是「將來再說」的意思。他當時的雄心是想在美國出版界打出路，所以說譯書工作「將來再說」了。魯迅以為語堂譏他暮氣，這真是太「神經過敏」了。

從歷史的演變來看，語堂如果聽魯迅的話，從那時起，即從事「譯英國文學名作」，現在在大陸還不是正可以套上為「帝國主義」服務或宣揚「資產階級文藝」的罪名？這倒證明了魯迅所自信的「良言」實際上並不是「良言」。

這裡所談的是三十年前的事情。現在林語堂已經老了，但他還無志於「譯英國文學名著」。這可見人的興趣是連自己都無法知道如何演變的。

其實一個人的興趣與氣質很有關係，有時很難勉強。到底什麼對自己有益，到底幹什麼對「中國」有益，往往在事後很久才能知道。這些三十年代的作家個個都可說就是愛國的，個個都想為中國前途的光明貢獻些什麼，但是現在在被清算中所供錄的，則原來一直都是「反動」份子，一直都在阻礙中國的「革命」。這又是誰想得到呢？

自從五四運動以來，中國知識階級都把「求中國進步」放在前面，這自然是好的現象。但因為急切於「救國」，就非把什麼都功利化不可，也就什麼都非政治掛帥不可。這就有非服從革命路線就不是「求中國進步」不是「為中國」的想法。而革命是一種目前的功利主義，文化則是累積的進步。

以魯迅論，他的戰鬥姿態的雜感文，對於「革命」的貢獻也許是大過於他的小說與文學史，但是這「革命」後果對於中國人民的災難豈是魯迅所能知道？雖然他的追隨者如胡風、蕭軍、馮雪峰等一一都經歷到「地獄」的滋味了。如果他一直從事於寫小說或中國文學史。那一定會更使「他於中國有益」，更「要他在中國存留」。但如果當時把這些話作為「良言」向魯迅勸告，我想魯迅恐也真的要認為是「暮氣」的「良言」吧。

我很喜歡賀而德鄰F. Hoelderlin的一句話：「一個國家之所以變成人間地獄，正因為人們想把它改造成天堂。」魯迅，與其他三十年代的革命文人一樣，也是一個想把中國改造成天堂的人，但他促成的則是一個人間地獄。

魯迅幸運的是早死，而我們則親耳聽到、親眼看到，追隨他的革命作家們、革命青年們，在「人間地獄」裡煎熬與死亡。

魯迅所謂《人間世》與《論語》無聊，也是指所謂「不革命」、「不拚死」，或是所謂「與革命的步伐不一致」。這種只從一個目的看問題的態度，正是「急切」的功利主義的態度。其實以中國之大，豈有容不了一個《人間世》或《論語》這種刊物的道理？而事實上，當時《論語》與《人間世》所以得人歡迎，倒正是那時候寫大文章的人太多，那些不是革命就是救國的文章，慢慢的就淪於八股文的腔調。《論語》、《人間世》的風格恰好劃破了這八股文的煙霧。

凡是要別人都同他押齊步伐的人，他總是以自己是唯一的「正確」自居。其流弊總是把別人放在地獄裡，還以為是送他進了天堂。如魯迅好意地想想要「林語堂在中國存留」，而林語堂並不以「在中國存留」為貴，這豈不是以己之所好，強人之好麼？

五四時代的新思想，原是以民主與科學出發，而這些先進的思想家，對於民主的了解都很浮淺，所所以一到自以為某種信仰可靠之時，往往不能尊敬別人的信仰，而以異己者即是敵人的態度處之。

魯迅在這方面正是十分神經過敏，也可說是他真正的悲劇。

如果他活在香港，眼看胡風被鬥臭，雪峰被清算，蕭軍被勞改，他重念：「寂寞新文苑，平安舊戰場，兩間餘一卒，荷戟獨彷徨。」之詩，又將作何感想呢？

一九六八、二、二。

知堂老人的回憶錄

〈知堂老人的回憶錄〉曾經在《新晚報》上出現過幾天，以後就不見了。最近聽說已經付印，不久就可以問世了。日本也有人願為他出一個節譯本。知堂老人已經八十多歲，這自然可以說是他的最後的一部大著作，或者唯一的大部著作。

五四運動《新青年》時代的人物，一一都已凋零，知堂老人可說是碩果僅存的一位。當時的人物，陳獨秀在政治中翻了幾個筋斗，老死僻鄉。李大釗被張作霖所殺。魯迅已化為銅像，矗立西子湖畔。胡適之壽終台灣。其餘諸子，都經過不少事變，一一在浪淘中消逝，獨知堂老人，身經七八個朝代，自官貴至囚犯，雖飽經風霜，但最後促居北京，仍能寫自傳，養天年，也總算是得「天」獨厚者之一了。

在這群前輩當中，流傳下來的文章，除了作為參考者外，值得欣賞的自然還是魯迅與知堂。時代的變易，所謂「白話文」的風格由無數的細流合為大江，很自然地鑄成了現在的幾種「型」。我們再讀當年啟蒙時代之作，覺得真是有「幼稚」之感。唯有魯迅與知堂的文字閃耀著他們獨有的光輝。但是現代的香港弄文學的學生與青年作者們連他們兩位的名字都陌生的竟不在少數。所謂中文系的學生也有不少沒有讀過他們兩位的作品的。

我對於知堂老人發表過及出版過的作品，可以說都讀過的。除了他的《歐洲文學史》，覺得是沒有什麼價值與意義，他的《新青年》上的一些文學理論覺得是淺薄與過時了以外，他的其他的文章都是有他獨到的趣味。從他所談的關於社會新聞上一點感慨，關於文學上一些見解，以至於對於古人書籍中所發掘的一點小問題，每篇都顯作者之真知灼見，似乎是沒有第二個人能談，會談，與配談了。

近來偶爾讀到一些文學系畢業的大學生及年輕的教授們的論文，都愛唱高調，寫大題目，一開口就是「中國文藝復興」，一動筆就是「時代」與「文化」，覺得雖然文字上不同，而其味道則正如《新青年》時代的那些「叫關」的文章，讀了覺得肉麻而寒傖。想來這些作者對於知堂老人的小文章怕不但不會欣賞，反而是會看不起吧！

知堂老人在敵偽時代的失節是一件不應該有的事情。他的出任華北教育署的署長以及北大的校長，雖然他後來寫了關於「道義事功化」的文章，為他的行為「說明」，（「辯護」兩字太露骨！）我總覺得「理由」是非常不充分的。但是他的「說明」則是一篇非常好的文章。在這個「論文」遍地，「宣言」滿天飛的時代，我希望文壇上至少應出現一些作家專門肯老老實實寫他自己的「心得」、「實感」的文章，才可使像我這種老實人沒有空虛之感吧。

張君勱先生

我在中學畢業後，讀了許多當時風行的書，那本亞東出版的《人生觀論戰》，所謂科學與玄學之爭，我也是在那時讀的。這是我第一次接觸張君勱先生的思想與文筆。可是我一直無緣認識這位學者。流亡到香港後，才有機會同他認識。第一次好像是一九五三年他到了香港，一位姓李的朋友約了他，帶我去看看他。他那時氣色很好，我們談了二十分鐘，我看來看他的人很多，我就起身告辭，他送我出來，約我有機會再去談談。可是我一直沒有再去，因為那時候外面謠傳有什麼第三勢力之類的話，而我對於政治沒有興趣，所以不想捲在漩渦裡。第二次則是一九六三年，張先生又來香港，住在他的妹妹張友儀女士家裡，我同一位姓陳的朋友同去。那時他的氣色已沒有十年前好了，走路也有點不便，但是精神仍好，甚為健談，不知怎麼，談到上次同我去看他的李先生，竟談了一個鐘頭。我覺得他直爽誠摯，完全像個學者，而且是有點所謂淳樸的書生氣的學者，我想到他是不宜於搞政治，尤其是不宜於在中國搞政治的人。那一次以後，我也沒有再去拜訪他。

一九六六年我去美國，到了舊金山，我寫了一封信給他，希望去拜訪他談談。他托他的小姐打了一個電話給我，表示極歡迎我去看他，不過他已定於即日去醫院，兩天後就要動手術，因此要我在明後日兩天之中任何一天去醫院談談。醫院在巴克萊，離舊金山很有點路。我同鄭南渭談起，他也有心去訪候張先生，所以約定於後天早晨同去。鄭南渭兄有車子，自然方便些。那天，記得是七月十四日，我們到巴克萊時已是中午，那個醫院在很靜僻的地方，問了許久，才問到。我想買一束花，但找不到一個花店。原來這家醫院規模很小，管理秩序也很亂，找到張君勱先生的病房，但他不在那裡，再打聽，才知他正在手術室。我們既不知道他動的是什麼手術，也不知道要多少時間，而且想到，他在手術室出來後，勢必不能見客。所以與鄭南渭兄商量後，留了一個拜候的條子就出來了，頂感到不安的是我們沒有留下一束鮮花。張先生住的病房有五六張病床，房間很小，而且病床也擺得參差不齊。鄭南渭先生在路上就說，看這情形，張先生的經濟情況，並不會很寬裕。我點點頭，但我心裡起了很大的敬意。我想到君勱先生究竟是一個有獨立的個性的人。如果他去台灣，他一定也會得到照顧，可能是一個什麼企業公司董事長，有洋房汽車，病了會在榮民醫院的最好病房裡養；如果他去北京，自然也是天安門上面的人物；但是他都不去，願意在美國過清苦孤獨冷清的生活。我們撇開政治的是非不說，他的人格與修養，則正是中國讀書人所難得的，而現在早在消失的一種精神，那就是「有所守」。有所守，就是操守。我們眼看許多大言不慚，滿口聖賢的人，在利害關頭，往往失其所守。尤其在政治圈子裡，有所守正是一種迂拙，想來這也許就是君勱先生不宜於從事政治之處。

君勱先生晚年一直在他主辦的《自由鐘》上發表許多文章。《自由鐘》是一本非賣品的刊物，前後負責人中，我也有不少認識的，他們都說有辦法，可以為我寄一份，可是總是辦不到。讀過君勱先生後期的這些文章的有牟宗三兄，他認為他的最有價值的作品就是這些後期所寫的文章。君勱先生死後，許多人為他作蓋棺論定的評語，有的說是國士，有的說是政治家，有的說是哲學家，學者……而他自己則認為他是一個失敗者。我覺得，說他是哪一方面都沒有「完成」，或者是對的，因為他正是一個真正時代的犧牲者。或者，他的最大的「完成」正是他的人格，足為我們所謂知識分子表率的則是他的「有所守」的態度。

一九六九年。

劉復（半農）

當陳獨秀，胡適之們提倡文學革命時候，一位剛從鴛鴦蝴蝶派文場中來的叫劉半儂者也在倡和。當時因為別人說他一句：「你懂些什麼，也有資格來提倡？」他就氣到了法國。數年後，博得法國國授博士之學位，回到中國的語言學學者劉半農就是他！假如這個傳說是對的，則他的專攻語言學是因中國文學革命而起，其目的也是提倡白話文吧？同時，那個在他一氣就去法國之氣，是一個多麼可貴之氣，這氣不是驕傲，而正是謙虛。他反省自己之無學，從根本來研究語言，這似乎是猶太民族才有的毅力也。在個性上，他確是一個有點像愛因斯坦們的德國的猶太學者呢。身軀與面貌不也有點像麼？——矮的身軀，方的頭顱。雖然他面部還少些表示堅強的筋肉。

從禮拜六小說的半儂到語言學家半農，這個變動是他生命史最光榮之一頁，這在中國學術界中能有這樣能力的人是並不多。可是，當別人以此為痛瘡疤說他時，他終以為可恥來否認的。當時他編《世界日報》副刊，為來稿都是「愛呀愛呀」之故，他寫了一篇文章訓誨青年。這是一篇正中當時北平青年之病的文章，但是青年們反攻了，就是「你以前呢？半儂不是你麼？阿要面皮？」這種消極的駁難，在半農很可以承認這篇文章也是罵過去的自己的，但是以克服自己的經驗來勸勸青年，不也是很對的事情嗎？可是半農始終否認。這，與其說是他撒謊，毋寧說他太厭憎自己的過去為是。事情大小或有不同，但我想每個人都可體驗，這種厭惡自己行為是人人都有的經驗吧！他憎惡過去自己是到「非自己」的程度了。這種地方要說半農有三分猶太式的剛硬在作怪，則千萬不要忘掉，那剩下的七分是士大夫氣了，這是魯彥在他《何典》序上提起過的。在這些以意志為中心的人格看來，半農是缺少浪漫的熱情的。可是同時，他也缺乏銳利的筆鋒，在與劉大白的筆戰裡，他始終是個溫和的長者。

他不是有一個善笑的臉，或者是在法國太用功吧，他的表情是缺少法國人之俏皮。在北河沿畔，他常常抽著雪茄煙，黑帽子遮去了臉，靜悄悄地坐著包車或者慢慢地走過。當我在黃昏遇到他的時候，我常想起康德被人叫做時鐘的故事，他是像個德國式的學者。也因此，所以，當他把文章向俏皮方面走走時，他終是沒有什麼成功，缺乏的是機巧與警惕，也缺乏一點靈敏。要是說他的文章有點幽默之風，乃是一點點碎瑣的北平人所謂「蔴菇」而已。他不善於教書，自然他善於談話。不善於教書人一定會談話，這是一個真理。聽說他還正在為開明書局編一部字典，這字典是以日用語為主的，這個未完的工作，是誰都關念的吧！他的頭腦似屬於科學，不是屬於文藝的。因此，對語言學外行的人看來，也可想到，或者他在語言學上之收穫是較文藝為大吧？那麼與其說他是文學家，毋寧說他是科學家了。他的死也就是死於科學工作上面。

他有好幾個女兒。有兩個因為是生在倫敦之故，好像一個叫劉倫，一個是叫劉敦吧。她們在孔德學校讀書，在北河沿路上，前些年是每晨並坐著一輛包車去上學去，但慢慢是改為一個朝後跪著，一個朝前坐著的形式，不久是變為二個疊著坐了。北大同學們是每天都會同她們倆相遇，誰都可以看到她倆天真的笑容，同時在這笑容中，誰都會浮起愛戴黑帽子教授的印象的。現在，半農是死了，想來這二位小姐也早到了分坐二輛車的時期，誰還能在無父的孤兒的臉上發現笑容呢？可是，在這對美麗而靜寂的面容上，這位愛戴黑帽子的教授是更將被人想念的了。

一九三五年。

胡適之先生

胡適之先生的明澈清朗，光耀文化界的聲譽，大家都承認的，但是他不能在哲學、文學方面有真正的建樹，也正如同他的成功方面一樣，是時代所限，也是他個性所限。五四運動的號兵裡，胡適之是最幸運的一個。李大釗、陳獨秀所遭遇的悲劇是時代的悲劇，但是這也許在個性上就含有這悲劇的因素。在一九一七年胡適之、陳獨秀提倡「新文學」之時，胡適之給陳獨秀的信，是這樣寫的：

> 此事之是非，非一朝一夕所能定，亦非一二人所能定，甚願國中人士能平心靜氣與吾輩同力研究此問題，討論既熟，是非自明。吾輩已張革命之旗，雖不容退縮，然亦決不敢以吾輩所主張為必是，而不容他人之匡正也。

但是陳獨秀的回信則是如此：

鄙意容納異議，自由討論，固為學術發達的原則，獨至改良中國文學以白話為正宗之說，其是非甚明，必不容討論之餘地，必以吾人所主張者為絕對之是，而不容他人之匡正也……

這裡可以看出胡適之性格的沖和、寬大與平正，陳獨秀性格之凌厲、獨斷與偏激，另一方面，也可以看出胡適之性格上之矛盾性與妥協性，他的一方面說「不容退縮」一方面又要「容他人之匡正」，實是具有矛盾與妥協的傾向。我想這與以後胡、陳兩個人生命發展的不同是極有關係的。但在白話文運動勝利以後，堅守這個勝利的信仰的，胡適之似乎比誰都澈底。諸凡周作人、周樹人、錢玄同、劉半農等等，好像以後都寫過文言文與哼過舊詩，陳獨秀最後著作是有關文字學，記得也是用文言文寫的，獨獨胡適之，他始終不再寫文言文，也不再寫文言詩。他為傅作義寫陣亡將士碑，是白話文寫的，恐怕也是第一篇以白話文寫碑文的文章。他在抗戰時寄周作人的那首詩也是白話文。胡適之的白話文同他的字一樣，也同他的人一樣，「明澈清朗」正是他的特色，而他似乎也始終以這個「明澈清朗」為白話文的標準。

我碰見胡適之很晚，是他跟蔣夢麟第二次回到北大的時候，那大概是民國十九年或二十年吧。他在北大第二院講幾句話，好像是說，過去許多人想把學術做「姨太太」，這次他與蔣校長回北大，想把學術恢復獨立的地位。這話很普通，當時上海文壇上左派思想很時興，他所指的學術之做「姨太太」，就是做政治的「姨太太」。不過「姨太太」這字眼，在胡適之是一種幽默，可是學生們聽來很不新鮮。

那年胡適之在哲學系開了一課「中古思想史」，這原是他的《中國哲學史》（上卷）續編的材料。我同幾個朋友去聽過他一堂。哲學系的功課向來是很少人聽講，如陳寅恪、金岳霖、陳大齊諸位教授所授的課，每班不過十幾個人或七八個人，講的談的都是很專門的問題。可是胡適之那天的課則在二院的大禮堂上，聽講的人不但擠滿了課堂，而窗外也站滿了人，許多都是外來的人以及孔德中學的學生。胡適之用很活潑的口才，講佛教思想對中國的影響，他講了兩個佛經裡有趣的故事，就下課了。我覺得這像是公共演講，內容很通俗，不像是哲學系的功課，當時使我想到唐朝的和尚的俗講。俗講本來是和尚講經，可是後來為吸引聽眾，向通俗有趣吸引聽眾方面發展，所以我沒有選他的課。

胡適之的《中國思想史》（中卷）後來脫稿了，油印本出來，大概贈送給一些友好，可是一直沒有看到正式出版，所以沒有機會讀到。胡適之後來在紐約哥倫比亞大學，也開「中國思想史」，許多北大老同學去捧場，那時恰巧我在紐約，也去湊熱鬧。那天課室中大概有二十幾個人，除了七八個北大同學外，聽講的多是上了年紀的女性。我想美國老年人的選點「漢學」聽聽，大概同上禮拜堂聽道一樣，是一種消磨時間的辦法。那時候，漢學與中文在歐美沒有像現在這樣吃香，講中國思想實是對牛彈琴之舉。當時我想到，在美國教書，還是教「人手足刀尺」好，因為這至少還有真正想學的學生。那些捧場的北大同學，自然人各有事，聽一堂，也就不再去了，而那些上了年紀的女性大概有耐心聽下去的人也不多，胡適之在半年以後也就不再開課了。這是我所聽的兩次，一共兩個鐘點的，胡適之的講學。

在紐約時期，有好幾次北大同學的聚餐，胡適之被請為嘉賓。有一次，有一位同學不知怎麼同胡適之談到林語堂的一本新出的書，問胡先生有沒有看過。胡適之當時就說他翻過，發覺裡面多是英國人早就說過的話，林語堂不過是拾英國人的牙慧……。我當時沒有太注意這些，可是席散以後，我同一個同學出來，他說：「胡先生這種地方就不夠風度，沒有幽默。」這句話給我印象很深。胡適之雖常常愛說幽默話，如上面所說的「姨太太」之類，實際上他是缺少幽默感的人。除了幽默感，他還缺少神祕感。五四運動的新文化運動的人物，如陳獨秀、錢玄同，以及文藝作家如魯迅、周作人等似乎都缺少這種神祕感。以後有許多現實主義作家出來，也多數沒有這種神祕感，這大概是啟蒙時期的時代使然。而神祕感與幽默感往往是作為一個偉大文藝作家很大的一個條件。

胡適之為人的大處出入，都見他有過人的風骨，其處世立身，都比他儕輩有明決與果斷。如不競選總統，不接受南洋大學校長之聘，不滯戀美國而到台灣任中央研究院院長，如退卸《自由中國》半月刊發行人之責……都是有先見之明之舉。我覺得在動亂的半世紀中國中，人才濟濟，但有的被風暴所淹沒，有的為時流所浸染，有的在私欲中失節，有的為宣傳所愚弄。這一方面是個性使然，另一方面則正是命運的播弄。這裡面，有三個完全不同的人物，可是細想起來有其完全相同的機運的，則是：胡適之、杜月笙與梅蘭芳。這是人物！這是時代！這也是值得我們細想的所謂一個人的個性與命運的契機。

悼念張雪門先生

一九二五年或一九二六年，我還在中學讀書，同馮稚望君有點往還，稚望住在寧波試館，我常去看他。張雪門是他的朋友，我第一次會見雪門，也就在他那裡。那時候雪門大概在北大註冊部任職，一面在旁聽高仁山的教育學與樊際昌的心理學等課，恐怕有時他也寫寫稿。那時他在晨報社出了兩本書，一本是關於童年生活的回憶，一本是短篇小說集。後來稚望南行，不知怎麼一個機緣，我與雪門做了很有來往的朋友。他的年紀比我大，對我常常有很多的教益。

一九二七年我考北京大學哲學系，那時北大有預科，預科可以直接升本科，所以本科招生所收名額甚少，記得那年只取八個人，發榜那天，我看到自己名字在裡面，甚為高興。那時雪門已在孔德學校任小學部主任，孔德學校離北大很近，我去看他，他不在，但好像他已經知道了我考取了，寫了一封很誠懇的信向我道賀並給我鼓勵。以後我們經常有往還，我不知道他那時的經濟情形如何，但有時候常到我的地方來調動，後來當我的家裡匯款不濟的時候，我也向他借挪，那時候生活程度低，彼此金錢往來，為數常常不過十元、二十元的。

雪門對幼稚教育一直有濃厚的興趣，他那時候曾經翻譯了兩本書，一本是蒙德梭利（Montissori）的《教育法》，一本好像是關於福勞貝爾（Froebel）的。其中一本請周作人寫序，周序寄到時，他曾經拿給我讀過，裡面好像沒有談到書的內容，只介紹了張雪門在孔德學校裡的聲譽。當時北京大學名教授們如三馬二沈等的子女都送到孔德去讀書，現任港大中文系主任馬蒙，也是那時候孔德的學生，周作人的子女，也多出自孔德學校，所以孔德是那時北平很有地位的一個學校。不知從哪時開始，雪門到香山去辦幼稚師範，那時稚望又回到了北平，後來也到幼稚師範去教書，我們又常常在一起。稚望是馬克思主義的信徒，他同雪門思想頗有出入。在那個時期，我也讀了不少關於馬克思、恩格斯思想的書，這雖是當時時代的風尚，而稚望給我的影響也是有的。

大學畢業後，我到了上海，後來到了歐洲，與雪門很少聯繫，一直到抗戰時期，我於一九四一年經上海到內地，在桂林又同他會面。他在一個很寬敞的廟宇似的房子裡辦幼稚師範。那年暑假，他約我同他一同去遊陽朔。從桂林到陽朔，坐小船去，是三天。回來，因為逆流的關係，則要七天，所以我們原定是坐小船去，搭公路車回來。但後來因為我們正當要回來時，又碰見我們去時的小船，與船戶彼此相識，我們就搭了原船回來。所以我們路上就占了十天。在陽朔大概也占了十天，我們住的是雪門熟識的一個國民小學。廣西的國民小學那時都辦得很好，學生都要帶鋤頭來上學耕種。那正是暑假裡，所以沒有學生，也沒有教員，只有我們兩個人。雪門的一個幼稚師範的學生是陽朔人，所以常來一起玩。天氣很熱，我們就在急流的河裡洗衣服、洗澡。這十天中我們過著很清靜的生活，緊張的戰爭氣氛也暫時忘了。但是那裡蚊子又大又多，歸途中我就患了瘧疾，沿途沒有金雞納霜買，也沒有醫生可求診，在船上病了七天，到桂林才有朋友給我特效藥，我才好起來。

我到重慶時，雪門的學校也搬到重慶，我去看過他，在他那裡吃過一次飯，他也來看過我，後來我去了美國，我們又失去聯繫。抗戰勝利後，我回到上海，一直到解放，稚望那時已經是中共的小要人，同我見面。我想雪門或者已經回到北京，問他有無碰到，他說沒有，因為他也並沒有去北京。我到香港有二十多年，也到過台灣多次，一直不知道雪門在台灣。一九七一年，偶然看到台北北大同學會的會員錄，發現了雪門的名字，我就寫了封信給他，得到了他的一封簡單的信，後來還得到他的學生一封詳細的關於他生活的信。他的信是這樣說的：

孟思：我這樣叫您，恐怕您，除了我，已早聽不見有這一種稱呼了吧。我在重慶，是三十五年離開的，曾一度回到北平。因為幼稚師範（帝王廟校舍）一時未能復原，台灣民政處正想辦兒童保育院（即育幼院前身），有人為我宣揚，我也就應邀來台。來台原非久計，所以除帶了一個女孩，家人都未全來。從籌備開辦，一直到我病目退休，僅因事往南京去了一趟。四十二年三月一日告別育幼院同仁和諸家長，曾寫了一首七律，現在抄在底下，您看後不難推測情形的一斑：

七年海外此棲遲，萬里空餘故國悲；
老樹浮雲春寂寂，落花流水雨絲絲。
夢回小閣三秋病，愁絕蕭齋一夕詩；
願為兒童共珍攝，暫時相別莫相疑。

退休後，地無久留之所，人有飛鴻之感，友好們為我買了一塊地皮，蓋了三間房屋，我於四十二年年底搬了進去住。如果沒有四十九年的血管變硬引起半身不遂症，上次您來台北時，恐怕已經會見了。養病十年，目盲耳聾，行動尚屬艱難，早晨由工人把我穿起來，扶到外室書桌坐下，晚上方才離開，然比一般患是症的，有全部喪失記憶或言語的尚較好。言未盡意，珍重萬千。

雪門五月九日

一九七一年我被邀擔任第十七屆亞洲影展的評審員，到了台北，原想影展過後去看雪門的，可是影展結束後，這裡校方事忙，就急著回來。原想寒假中再去台北，所以把一切未訪的朋友未辦的事，都擬延到寒假的機會。可是誰知這一回來，竟兩年都沒有去台北。在上月底，我接到了雪門歸天的訃告，衷心起了說不出的悲傷，裡面還含有許多特別的感觸與悵惘。雪門有兩個兒子兩個女兒，大的一子一女，是寧波舊式婚姻的太太生的。我認識的是他的第二個太太。聽說她是寧波一所幼稚院的教師，她與雪門戀愛，二人私奔到北京，後來他的兩個大的孩子也到了北京。我同他們一家都很熟，自然，那時那兩個小的還是很小。我離北京後，後來知道雪門的大公子張香山到日本留學，現在知道他在北京任外交部的顧問。我想他們父子一定互相不知道彼此的情形。像這樣父子疏隔，骨肉離散，在現在的中國當然也是常事。

一個人活到了像我這樣年齡，對朋友的亡故的悲傷，已經不是新的經驗，但因為每個朋友關係的不同，每次的感觸也常不相同。對於雪門這樣的老朋友，幾十年來，忽聚忽散，幾乎都是偶然的機緣。想到在陽朔國民小學中一同生活的十天的日子，實在是非常難得的回憶。他在那時期裡，好像整理過一些文稿，暇時則讀我所寫的小說。我則除了看看書以外，沒有做什麼，但寫了幾首詩，其中一首是一九四二年八月十一日寫的：

〈燈籠〉

樹梢風聲如吟，
使我再無睡意，
於是我手提燈籠，
走到碧蓮峰底。

我看見萬點星星，
點點都是纏綿，
還有月光如蜜，
竟把山色塗遍。

後來白雲飛來，
星星化為雨點，
它把山梢月色，
輕灑灰白河面。

怪你夜來貪睡，
辜負了風情雨意，
但因有燈籠在手，
竟把它當作了你。

詩不是寫實，但這裡的「你」，則顯然是有雪門的影子在裡面。抄在這裡，也算是我同他幾十年友情的一點點紀念了。

一九七三、五、一六。

賽珍珠

賽珍珠（Pearl S. Buck）今年三月六日逝世了。我最初讀她的作品是她的《大地》，譯者記得是胡仲持，好像是在《東方雜誌》發表的。這部作品當然沒有什麼好，但因為是洋人寫中國題材，當時還覺得是很新鮮罷了。後來在林語堂先生那裡，知道關於她一點生平。那時她譯的《水滸傳》好像出版不久，她又自稱是中國奶媽帶大的，我想她該是精通中文，或至少會說中國話的了。可是有人說她譯《水滸傳》是由八個中國學生幫她的，她不過改寫英文罷了。她的譯本有序言，序言中則並無隻字提及這些幫她的人的名字。

我第一次見她是一九四四年，在紐約，那時我是重慶《掃蕩報》的特派員，因為《掃蕩報》接到過賽珍珠所組織的East and West Association而且是她具名的信，所以備了一封介紹信叫我同她聯絡。那次同她晤面，真是出我意外。她看了那封介紹信竟不知道《掃蕩報》這個報紙，也不知道她自己曾經有信給《掃蕩報》；甚至她也不去，也不叫人（她的辦公室有三四個職員）去查查案卷。她只是問我中國的情形，而更出我意外的，是她對於極簡單普通的中國話都不會說。但這些失望還是其次，接下去我們談話竟是格格不入。那時正是中美合作抗日的時期，我想知道的自然是她的East and West Association的性質與怎麼樣可同《掃蕩報》取得聯繫，以及她個人關於世界局勢與中國抗日的看法與意見。但是她只是問中國內政種種。她說：「你不能說的都可以告訴我，我什麼都可以寫。」她接下去就說到我們政府的黑暗貪污種種。我當時就笑笑起身告辭了。

賽珍珠那時似乎很想有劇本在百老匯上演。美國戲劇上演，大都必須先有業餘演出；在業餘演出之時，有戲劇界演出人看中，才可能有正式的演出。這因為是戲劇界工會組織很嚴，職業演員及舞台工作人員都不可能做試驗的演出。所謂業餘演出是不准售票的，賽珍珠就利用中國留學生演她所編寫的戲劇。就在這試演之時，有一次我同幾個中國朋友去看了。她的戲自然都以中國為背景，而且都是中國農村，多數都是根據中國農村的短篇小說。中國農村的貧窮，我不想掩飾；但是她把每個中國人都扮成沒有骨頭的窩囊，走起路來都無法直起背，進門出門都拜土地神或門神，遇事只知求神，實在使我看了起了很大的反感。在場的中國人都很生氣。當時在座的還有冀朝鼎夫婦，冀太太是美國人，姑且不說，冀本人竟置之泰然。我當時覺得他不是爐火純青，就該說是麻木不仁了。臨別的時候，賽珍珠還問我們的意見。我說，這不像是中國農村，也不像是中國人。

我以後沒有再見到賽珍珠。但我在紐約後來碰見一位鄺太太，鄺太太是一位在澳洲相當有名氣的舞台演員，因為是中國人，所以想演一個中國故事的戲，她想到了慈禧太后。她到了北京住了很久，搜集關於慈禧的資料。據她說，當時在北平的學者，如胡適之先生等都給她很大的幫忙。她回到美國以後，很希望可以找一個人為她寫一個劇本，這事情同賽珍珠談起，賽珍珠以後就三天兩頭請她吃飯喝茶，叫鄺太太把所收集的資料都給她，如是者幾個月。以後鄺太太有事去歐洲，賽珍珠的《慈禧太后傳》就出版了，裡面對於鄺太太連一字都沒有提。鄺太太回到美國後，賽珍珠不但不理那件事，而且再不同她吃飯喝茶的交往了。

一個人的印象也許有先入為主的成見。賽珍珠給我的印象，不但是一個假中國通的美國人，而且是一個必須擺出同情中國的面孔，而內心裡正是最看不起中國人的作家。現在美國人學中文的很多，新的一代也比較會了解中國與中國人，這種假中國通的洋人大概很自然地逐漸地會淘汰了。賽珍珠所譯的《水滸傳》裡的文字，不知外國的讀者了解如何？我覺得有些或許正是中國學生的直譯，賽珍珠自己也並不了解其意義，所以不作改動；下面且舉兩三句例子：

一、第三十二回：「武行者心中要吃，哪裡聽他分說，一聲喝道：『放屁！放屁！』」

Now Wu the priest longed much in his heart to eat, and how could he be willing to listen to this explanation? He bellowed forth, "Pass your wind. Pass your wind."

二、第九回：「三四個篩酒的酒保都手忙腳亂，搬東搬西……」

But these sewing men were so busy their hands and feet were all in confusion, and they were moving things hither and hither, east and west ….

三、第五十八回：「俺知梁山泊宋公明大名，江湖上都喚他『及時雨宋江』。」

I know the great name of Sung Chiang of the robbers' lair, so that by every river and lake he is called "The Opportune Rain".

這也許已經夠讓我們知道，如果不懂得中文原文，這些句子會傳達給我們什麼樣的「中國意味」了！

一九七三年。

追思林語堂先生

一

語堂先生八十歲的時候，蔣復璁、張其昀兩先生為他編印紀念論文集，請語堂先生自己開列一個作家的名單，由他們來約稿。但是先是我沒有收到徵稿信，語堂先生問我的時候，我說還沒有收到。他說大概是地址弄錯了，那時候正是他要回台灣，他說他去查查看，他到台灣後馬上有徵稿信寄來，但離截稿的日期已經很近。我去信問語堂先生，是不是什麼樣論文都可以，或者用一篇小說或劇本好不好？這因為我想到在紀念蔡元培壽辰時，丁西林是把他的《妙峰山》劇本來作紀念的文章的，也許可以援例一下。但是語堂先生回信，說希望我談談我所了解的他，這實在是一個難題。第一是生活忙，第二是當時心情不好，第三也是下意識是怕，怕寫得不好。其次我知道寫紀念文章的人士中，要人很多，我正可以免湊熱鬧。我想可以偷懶就偷懶，好在限期匆促，正可以作為一個好的理由。所以我就寫了一封信給語堂先生，我說，因為時間匆促，而我又抽不出工夫，怕寫得不好，所以還是等你九十歲的時候我再來動筆吧。

語堂先生應該可以活到九十歲的，而竟於八十二歲就去世。我現在寫這篇文章，心情自然完全不同了。

好像許多人知道我認識語堂先生很久，應該可以寫出許多別人所不知道的種種，特別是幾個有名的雜誌編輯，如《傳記文學》劉紹唐、《大成》雜誌沈葦窗都函電交作地催促，這使我非常窘迫。我自然要寫一篇文章紀念語堂先生，但如果只是平平常常寫些掌故雜碎，我覺得太沒有意思，要深入一點又怕寫不好。我常覺得小說裡寫人物應該會創造「事件」，使人物在事件中產生反應而出現個性的刻畫。在傳記裡寫人物，則是在許多發生過的事件中，從人物在這些事件中的反應而尋求他的個性。如果這篇紀念文章不流於掌故雜碎的記述，就必須可以寫出語堂先生這個人，這個活的存在於歷史上，存在於認識他的人記憶中的人。我很知道自己不可能寫「成功」，但即使不能夠寫成一個活現紙上的人物，也應該對他的性格有某種介紹與分析，而不是一篇空泛的往來流水賬。

二

我自知自己的短處，而且短處甚多，一般批評我的人大可以不必多說了。在中國有許多很為厲害的義務監察的批評家，這是虛夸的宋儒之遺裔而穿現代衣服的。他們批評人不是以人所以同然為標準，而卻以一個完善的聖人為標準。至少至少，我不是懶惰而向以忠誠處身立世的。

這是語堂先生自傳裡的自白，語堂的可愛處也在這裡。我大概太受現代心理學的影響，總覺得人不是神，絕對不是十全十美全知萬能的，而中國總是要把偉人或英雄描寫成至聖全能。我後來想到這正是落後社會的一種現象，也還是把酋長有神權的一種遺留。語堂先生知道自己有短處，自然不會怪我在這篇紀念文章裡談到他的短處。因為一個人如果沒有短處，在我想來，那就不成一個人了。莫洛亞（Andre Maurois）說得好：……

就在這高貴的個性中，須有些可愛的短處，這樣就更可以維持我們對他的喜愛，我們決不會去愛一個我們對他連一笑都不敢的人物。

正因為有短處才是有人性。

人原是一個矛盾很多的動物，而語堂先生知道自己是最多矛盾的一個作家。他曾經寫過一個矛盾的自白，但沒有包括他的最矛盾的兩句話，那是：

文章可幽默，做事須認真。

這兩句話表面上好像很能自圓其說，實際上則是無法統一的。這因為「做事」往往包括處世與「待人接物」，而文章所包括的人生，也就是處世與「待人接物」的表現，因此，形成無法調和的矛盾。讀語堂先生的文章，往往誤會他是一個不拘形骸、瀟灑放浪、隨便自然、任性的人，其實他的生活是非常有規律、拘謹嚴肅、井井有條的。

一九三四、三五年我們同在上海的時候，我知道他每天上午到中央研究院辦公，他的名義是英文總編輯，事實也是蔡孑民先生的英文秘書，下午他就閉門著作，後來他主編《論語》、《人間世》，我與陶亢德是執行編輯，我們談編務總是在電話裡聯絡，如果要見面總是在六七點鐘，不是亢德就是我到他的府上去談談，接洽完了就走。編完全稿，他一定會非常認真地閱讀，有些譯作，他核對英文原稿，往往有許多改正。他鐵定星期四下午是《中國評論周報》（China Critic）的會集，而每星期六或星期日的下午一定同太太帶著孩子去看電影。他對於電影似乎專為消遣，選擇不苛，而他對於音樂幾乎是一點都沒有興趣，那時上海的工部局管弦樂隊還不錯，我從來沒有碰見過他去聽。在宴會的時間，他很高興接待朋友，大家聚在一起閒談一陣，平常他是絕不喜同朋友隨便來往聊天的。

點卯下班之餘，飯後無聊之際，揖讓既畢，長夜漫漫，何以遣此。忽逢舊友不約而來，排闥而入，不衫不履，亦不揖讓，亦不寒暄，由是飯茶敘舊，隨興所以，所謂或晤言一室之內，或因寄托，放浪形骸之外，雖言無法度，談無題目，所言必自己的話，所發必自己衷情。夜半各回家去，明晨齒頰猶香。

但在他現實生活上可說是絕無僅有之事。突然的不速之客，在中國好像是普通的事情，我想這是農村社會很自然的情形。我記得幼年時在農村中，鄰居「串門」是極普通的事情，而鄰村友好往還，因為路程不便，來必留飯，這也是自然之事。可是在工業社會，生活緊張，誰也沒有工夫隨時接待客人，所以事先必先約定，而除了約定請客，決無留飯之事。好在現在電話普遍，即使臨時有事，也可先用電話訂定時間。這在西方已成一定的手續。語堂先生的生活全部是歐化的，自然不會有這種東方過去的情趣，而他文章上偏偏要歌頌這種趣味，也許只是一種補償式的滿足而已。

我們很容易被一個藝術家與詩人的浪漫生活與作品裡的某種趣味所迷惑，而忽略他們的嚴肅方面。我們大家知道德國詩人哥德浪漫的一生，他在八十歲時候還同一個十六歲的女孩戀愛，應該是很輕鬆的人了。事實並不是如此，他最討厭事先未曾訂約而駕訪的朋友，他認為這是對他一種太大的打擾。他一定用嚴峻的面孔對這樣的來客，而往往不同他談話，即使對有地位的客人，他也只是敷衍幾句而馬上結束談話。畢卡索也是這樣一個人。語堂之生活態度也近於此類。在紐約時，除了約定的宴敘以外，他從不過訪朋友。譬如他同胡適之交往，好像胡適之有時候得便去看看他，而他則從不探訪適之，也沒有兩人無事相約在外面吃一個便飯之事。在這方面講，語堂之不近人情也正如以前許多人之批評哥德一樣。

語堂是很欣賞蘇東坡的風趣的人。他記東坡貪飲偷牛，犯夜逾城，又記元祐時東坡任主考時情形：

那時闈考考官看卷子，留在禁中，與外間隔絕二三十天。東坡是主考，覺得無聊。秦少遊諸人在忙著看卷，東坡卻跑來跑去，放浪形骸，頑皮作謔，弄得諸人無法凝神看卷子。

這裡也可以見到所謂「放浪形骸」的人，做事往往認真不了的。語堂稱「東坡詼諧百出」，可以見諸東坡文章，也可以見諸其做事。在一篇談釣魚的文章中，語堂談到孟郊，有下面這樣的話：

……陸龜蒙〈書李賀小傳後〉，講唐詩人孟郊廢弛職務，日與自然接近，寫得最有意思：

孟東野貞元中以前秀才，家貧，受溧陽尉。……南五里有投金瀨，草木甚盛，率多大櫟，合數十抱，藂蓧蒙翳，如塢如洞。……東野得之忘歸，或比日或間日，乘驢，後小吏，經蓦投金瀨一往，至得蔭大櫟，隱岀蓧，坐於積水之傍，吟到日西還。

後來因此丟了差使，此孟東野所以成為詩人。

這裡可以看出語堂對做事不認真的人是非常稱讚的，而語堂自己則決不如此。所以他的「文章可幽默，做事須認真」的話，實是一種很幽默的矛盾。

三

> 我讀書極少，不過我相信我讀一本書得益比別人讀十本為多，如果那特別的著者與我有相近的觀念，由是我用心吸收其著作，不久便似潛生根蒂於我內心了……

這是語堂關於他自己讀書的話。「讀書極少」，這句話原是相對而言，對古今中外汗牛充棟的著作，一個人一生能讀多少書？自稱讀書很少，原是對的。但在我的了解中，語堂所讀的關於文學、文化思想的書，實在可以說無所不窺，正統的學院的哲學著作他似乎沒有系統地閱讀，嚴密的邏輯與煩瑣的概念分析他沒有興趣，但對於希臘的思想家的學說他談起來可脈絡清楚。他讀書決不是「好讀書，不求甚解」，而是的確下苦工夫，他對於莊子老子墨子以及佛經這一類書，他都下過「譯成英文」的工夫，這也就是說，從翻譯中去追究其確切意義。在朋友中，有一位比利時李克曼君，他的中文極好，他把全部《史記》譯成法文，我問他為什麼要譯《史記》，他說這是學「中國古文」的最好方法。語堂之努力，想也正是如此。他所說的「不久便似潛生根蒂於我內心了。」這也就是消化後變成自己內心的東西，我們讀書原如飲食一樣，牛奶青菜豆腐牛肉，吃了消化了就成為我們肉體的一部分，而經史子集，讀過，消化，也就成為我們智慧的一部分。這原是自然的事情。但也有人有博聞強記的能力，而缺少融會貫通的能力，讀過的書，像是存放在冰箱裡的食物，隨時隨地可以端出來給你看，而始終未曾消化而成為自己的智慧。所以，對於讀書大概正有兩種人，一種強於「融會貫通」，一種強於「博聞強記」；語堂先生自然屬於前者，而他的「融會貫通」的能力，又比一般人都強。但，奇怪的，他也就因此，對於不能消化的東西就一點不願接受，甚至不願去嘗試，他對於社會科學的知識就很弱。

三十年代，正是馬克思主義風行之時，他對於這一派的思想哲學一點也不想知道，而對於當時所謂左派思想界的種種非常隔膜，因此他對於這些朋友的批評也很膚淺。在三十年代，語堂先生也許是初初接觸到中國明末的性靈派文學，因為誠如他所說「與我有相近的觀念」，所以引為至好。而他所認為幽默有趣的話，如「……但願有××××以及短命妾數人而已」一類的，在完全受中國文化教養的人聽來，實在並沒有什麼新鮮，稱為幽默，也只是低級的幽默而已。所以他的感覺，還是初接觸中國文化的西洋人。但是，他當時對於語錄體的提倡以及他對中文散文的主張，因為他在深厚淵博語言學上的根基，實在有他了不起的見地。

我記得當時有一位作家叫麗尼的，常到《人間世》來投稿，這是一種用歐化的筆調抒寫生活與際遇的情趣與感懷種種。我每次編進去，語堂先生總是把它抽出來。我當時說：

「《人間世》既然是小品文的刊物，不同的風格的作品應當可以同時並存。」他就說：「這種中文根本就不是中文。」所以《人間世》一直沒有用過麗尼的作品，後來麗尼在巴金的文化生活社出版了不少散文集。語堂先生晚年在中央社寄發的《無所不談》文章中，有許多篇都談國語與中文字句的問題，他的主張始終是一貫的，他極力反對的是洋白話。他說：

> 大概立論的人，說國語不夠精確，所以要學西洋文法，但是這樣下去，必有比這三不像的白話還怪的白話出現，弄到國語不成國語，洋話不成洋話，這是弱小民族自卑自侮者之行為，不是大國之風。

他這話，我認為是非常有見地的。最近法國政府及法國學院力求法文的純粹，排斥美文的影響，也就是同樣的看法。但是，我覺得事實上是先有「弱小民族自卑自侮」的意識，才有「洋白話」的出現，而不是先有「洋白話」，才見得「弱小民族自卑自侮」之行為。而文字文學正是直接反映社會的東西，文字風格的時髦往往同衣著的時髦一樣，有時候有一種不可抵抗的力量。台灣文壇上的詩歌與散文，流行的稱為「現代」也好，「新潮」也好，都是把中文歪曲壓擠成為一種新的姿態，其中不能說沒有新鮮的氣息，但新鮮的只在字面，內容非常貧弱與纖小，多看了深深地感到畸形與萎弱正是一種「殖民地」氣。

語堂「無所不談」的散文，在台灣發表的時候，很多作家對它並不重視，有一次我到台灣，就聽到許多人對他的批評，一種是說中央社寄發這類文章，太沒意義，至少總該發與國際政治經濟以及時局有關係的文章。有的則說語堂的文章總是那一套，沒有什麼新鮮的東西。我記得陳香梅女士就同我說，語堂先生似乎是關在太狹小的圈子裡。外國的作家同社會與世界時時有多方面的接觸，所以不會像他那樣褊狹。這些話，似乎都有他們的看法。我因為常在香港，很少讀到他的《無所不談》，偶爾讀到一二篇，覺得語堂先生這類文章，信筆寫來，都有風采。只是如果拿出他以前的作品，如在China Critic Weekly所寫的Little Critic以及《論語》上發表的〈我的話〉來說，則趣味與境界，變化確實不大。現在《無所不談》已經出全書了，我有機會整個地來看，覺得實在也足稱是燦爛繽紛，琳琅滿目，這正如我們走進美麗的山野，其中雖有纖弱的小草，但正多豐碩美麗的花木。我記得以前讀到一個英國文學批評家談到拜倫的詩，好像是說，拜倫的詩，現在讀起來，每首都不見得有什麼好，但如果綜合地來讀他全集，則就可以發現他的磅礴的氣魄與活躍的生命。這句話給我印象很深。我想現在我正好用來談語堂先生的《無所不談》，在那本集子中，儘管有許多篇我覺得平庸無奇，甚至有故作幽默之處，但整個來看，那裡正閃耀著語堂先生獨特的風采與色澤。那裡有成熟的思想家的思想，有洞悉人情世態的智慧，有他的天真與固執，坦率與誠懇，以及潛伏在他生命裡的熱與光，更不必說他的博學與深思。在許多課題前，他始終用他獨特的風格來表達他有深厚的有根據的見解和確切與健全的主張。

四

真正要談語堂先生的著作，我並不夠格，因為說實話我沒有讀過他全部的著作，就我讀過的翻閱過的來說，則我覺得他的《吾國與吾民》、《生活的藝術》，確實是把中國介紹給西方最好的著作，也可以說是空前的。特別是《生活的藝術》，本身也就是一本作者對中西文化人生探討的思想性的藝術品。但是他的《瞬息京華》，我並不十分欣賞，他也許太存著一種介紹中國人的思想與人生態度給西洋讀者看的心理，沒有小說的魅力，細讀起來，倒像是一個外國人在詮釋中國一樣，而且人物都缺少生命。他以後的著作我就讀得少了，偶爾翻閱，覺得雖然處處都可見到他的散文的風采，而接觸到中國的現實社會與政治，覺得他實在是隔膜。當時我就想，如果他生活在中國社會之中，也許就不同了。他的其他小說如《風聲鶴唳》與《朱門》，我沒有讀過。最後一本小說，是《逃向自由城》，則實在是不應該發表的作品，很多在大陸待過的年輕人都笑這本書，他們甚至同我說：

「林語堂寫這樣的東西，怎麼會享這樣大名？」語堂在散文方面寫他所感受到，融會在他心靈裡的，思致與想象，在小說方面，因為他對於現實世界與客觀社會的隔膜，他就無法通過形象來表現他的世界。小說如果要通過現實世界來表現你的主題，你就必需要了解，甚至深深地接觸過這個現實世界。這也是為什麼許多作家只能描寫他最熟悉最接近的社會與世情。語堂先生對他想寫的現實世界的隔膜，使他的小說無法同他的小品文比擬。這也許是他的氣質上正是一個思想家、散文家，而不是一個小說家的緣故。他的《中國與印度的智慧》，是他的學力與睿智之作，儘管有人說，其中有詮釋錯誤之處，但這也正是仁者見仁，智者見智，語堂所見的有許多正是他自己的智慧。他自己似乎很喜歡他的《蘇東坡傳》，我沒有細讀，但粗率地翻閱，覺得他對於宋代的社會與當時的政治不夠了解，對於王荊公的看法，則是非常輕率。他的重寫的唐代傳奇與聊齋故事，使這些故事為西洋讀者接受，這當然是有功的，但對於研究中國小說的西洋學生，就覺得這些故事太無時代的面目了。

上面所說只是我個人粗淺的看法，不敢說是評論。語堂先生的著作，在世界風行，但在美國也常為半瓶醋的漢學家所妒嫉。我認識一個美國學生，他研究中國文化文學，說他的老師就叫他們不要看語堂先生的著作。如果這個學生有資格讀中國古籍的原著，尚有可說，而偏偏他連極普遍的報紙消息都看不懂。真正說起來，也還是要回到上面的說法，就是拿語堂先生一本書來讀他是不夠的，只有整個地看他全部的著作，才可看到他的宏闊的規模與燦爛的生命。

語堂先生一直要求他的英文著作要合乎理想的翻譯。他的《生活的藝術》是黃嘉德分章翻譯了在《西風》月刊上發表的。在出書的時候，語堂很想仔細地把他改正一下，但是在還沒有做的時候，不知是翻版書還是另外的譯本已經出版，這當然會使《西風》蒙受很大的損失，因此黃嘉德很有怨言，後來大概仍是沒有經過語堂親自訂正就出版了。他的《瞬息京華》，他很希望郁達夫肯擔任翻譯，當時好像先付了一筆不算少的翻譯費給達夫。大概是希望他靠這筆錢可以靜下來工作的。交給達夫那本原本，我是看到過的，所有語堂認為英文成語與習慣用語應該怎麼譯成相對的中文成語詞彙，他都密密麻麻地為他注了出來。郁達夫當時接受了這個任務，但始終沒有去動手，這決不是郁達夫存心騙取語堂那筆錢，而實在是達夫的生活是一個真正「放浪形骸」的生活，他是在生活上沒有任何計畫，也不想計畫的人。達夫對這件事始終覺得有歉意，一直到他到了新加坡後，還同人說起他對不起語堂，這是很接近達夫的人後來同我講的。而如果不是達夫告訴他，他也絕對不會知道有語堂請達夫翻譯《瞬息京華》的事。語堂對誰都談到過該書給郁達夫翻譯的事，但從未提到他先有一筆錢支付給郁達夫，這種地方足見語堂為人的惇厚。在語堂同輩的朋友之中，我聽到過許多人對語堂有貶抑輕率的評語，譬如胡適之先生，他就在許多北大同學會集中，說他某本書完全拾英國人的牙慧等等，但語堂對胡適之從未有輕侮的評語。有人稱他的英文高於適之，他也從不承認。有一次，我對他說，他把各民族的特性分為不同成分的感性，如幽默感什麼感之類，似乎缺一種「神祕感」。他頓悟似的對我大為稱讚。我說有許多思想家、大作家似乎都少這「神祕感」，譬如魯迅、周作人、胡適之，都少這種神祕感。西洋思想家我覺得如羅素，也就缺乏神祕感，巴斯格（Blaise Pascal）、柏格森（Henri Bergson）就具有神祕感。作家中如托爾斯泰、契訶夫、莫泊桑以及紀德都具有神祕感。他很欣賞我的話，笑著說，所以適之碰到了宗教思想問題，往往就一點沒有辦法。這是唯一談到胡適之缺點的話，可是完全不含輕侮的語氣的。

五

在當年《現代評論》與《語絲》對壘時，以語堂的為人，實在應該屬於《現代評論》派的，但是他是屬於《語絲》派的。《語絲》派的人似乎多有反叛的精神，否定權威，不滿現狀的傾向。而作為文章，語堂當時也正是屬於這一類的，他對於魯迅、周作人一直是喜愛而敬佩的。他的這種反叛精神以後就萎退，這在魯迅看起來，就是爬上去了，想維持既得的利益，記得當時有人寫過一篇林語堂論，就是說他這種轉變。前些時讀到《大成》雜誌中趙世洵所記林語堂種種，說他在廈門大學時與魯迅鬧得不好，這完全是不確的。魯迅進廈大是語堂聘請去的，他們的關係始終很好。以後魯迅離廈大到中山大學，語堂也離開廈大。魯迅離中山大學回到上海，魯迅與創造社一批人論戰，以後逐漸左傾，他與語堂始終是很好的朋友。就在語堂辦《論語》時，他們還有來往。最後魯迅有一封信勸語堂多從事翻譯，語堂回他信，說等他老年時再做翻譯工作。魯迅看了沒有再說什麼，但給曹聚仁的信中，說到林語堂是他的朋友，所以希望他可以真正做為文化界有貢獻的事，如果語堂好好從事翻譯，對於現在以及將來社會，都是有用的；但語堂以為他的意見是老朽的意見，那還有什麼可說。以後他們的關係就疏遠。後來語堂好像寫過一篇關於「西崽」的文章，魯迅也寫了一篇《談西崽》。這是針對語堂的挖苦，魯迅筆下在這種地方向來是不饒人的。以後他們就沒有來往了。

在當時作家中，與語堂往還最好的還是郁達夫。郁達夫是一個處世最聰明的人，他同魯迅也往還很好。魯迅因為與創造社的人有長期的論戰，所以不喜歡創造社的人。以後成立左聯，與創造社的人如馮乃超等打成一片，但仍是說，創造社的人，不管以後轉變如何，在創造社時總有一個創造面孔——除了郁達夫。魯迅的話實在有偏見的，郁達夫只是沒有參加與魯迅論戰的場合。讀過創造社初期的刊物的人，都可看出郁達夫正是一個具有很顯著的創造面孔的人。但不管怎樣，郁達夫後來同魯迅相處很好，他們還一同編過《萌芽》月刊。郁達夫到上海，總帶著王映霞去拜訪魯迅，魯迅也寫過屏條送給映霞，很幽默地以「映霞大姊」題款。郁達夫與語堂交往也很相投。談到郁達夫與王映霞結婚後，郁達夫曾經偷偷地回到他的老家前妻那裡住了一個月的事，語堂非常欣賞，覺得達夫這種地方實在可愛。可是在郁王婚變時，王映霞提到這個，說當時這實在是太傷她心了，而成了達夫的一件對不起她的罪案。可見一件事，不同的立場，可以產生完全相反的是非。

對於女性，語堂下意識裡似乎總偏愛浪漫的有風趣的俏皮的女性。他喜愛《紅樓夢》裡的晴雯，他喜歡《浮生六記》裡的芸娘。像芸娘喬裝男子去看戲，為丈夫物色姨太太等等，他讚嘆有加。這也許因為林太太端莊方正之故。說一句笑話，林太太是大家閨秀、賢妻良母、循規蹈矩型的薛寶釵，語堂下意識始終傾慕林黛玉一類的女性。這也可以說是文章可幽默，做事要認真的矛盾。在上海，時代書局一批朋友也與語堂去舞場，有一個舞女，語堂很喜歡。那批朋友也湊過慫恿撮合之熱鬧，但語堂迄未進一步去求接近。至於那些打扮得整整齊齊，像似時髦毫無風趣的美女，語堂始終很輕視。他曾經告訴我，在紐約時，有一個朋友請客，主要是請林黛，把他請去了，等了很久林黛不來，他實在想走了，因為覺得不好意思，勉強等著。後來林黛到了，他覺得她非常俗氣，只會silly smile。他對於中國電影明星知道很少。談到西洋電影明星，我們都喜歡蘇菲亞羅蘭。在香港，我同語堂也去過一次舞場，在他只是想看看香港的舞場而已。我帶他去的是杜老誌，我好久沒有進舞場，可是湊巧有一位舞女大班認識我，她介紹我們一位年輕美貌的小姐，可是一點沒有靈性。語堂稱讚她漂亮，她都聽不懂，以為有意取笑她，有點生氣。後來我就請她去跳舞。舞女大班又另外找了一位小姐來。

語堂喜愛體驗各種生活，如釣魚，他在文章裡談得津津有味，其實他只是在預定的假期中偶一為之，並沒有廢寢忘食這種濃興。在蒙地卡羅，他也去賭博，但我相信他沒有像我在上海孤島時代那樣沉湎過。我們也曾經談到一同去澳門一次，但是始終沒有實現過。現在想起來這也是一種遺憾。郁達夫稱語堂為英美式的紳士，這話也許很有道理。有一次，不知怎麼說起，我說：「我非常敬佩你與胡適之那樣對太太的忠誠。」這句話，是出於我衷心的，因為舉目數當代文人學士，很少是這樣「從一而終」的。可是，出我意外的，語堂聽了並不高興，好像是我輕視他似的。我也就扯到別的去了。

六

一九三三年、三四年，語堂先生在上海的收入很高，主要的是開明書店英文教科書的版稅，這也就是魯迅挖苦語堂的「以教科書起家」的話。我沒有直接受教於語堂，但是中學畢業時，讀《開明英文文法》，始悟過去自己所受的英語教育之錯誤，深以未能有像語堂先生這樣的老師教我英文為可惜。開明應付語堂的版稅，因為數字太大，常有爭議，最後大概是議定每月付七百元，當時七百元銀洋是一個很大的數目。那時語堂先生在中央研究院也有薪金，《天下》月刊也有報酬，《論語》、《人間世》也有編輯費，合起來當不會少過七八百元，當時普通一個銀行職員不過六七十元的月薪，他的收入在一千四百元左右，以一個作家來說，當然是很不平常的。那時候，黃嘉德、嘉音計畫辦一個譯文雜誌，定名《西風》，由他們兩兄弟及語堂亢德合資創辦。當時約我參加，我沒有錢，因當時又有出國計畫，所以沒有參加。《西風》創辦後，成績很好，但亢德隨即退出，與語堂合辦《宇宙風》。西風社後來逐漸發達。嘉德因為在聖約翰大學教書，由嘉音一個人經營。嘉音做事很認真，但賬目不一定合於會計制度，如以營利發展事業，紅利大概也沒有發過。後來抗戰軍興，西風社搬到桂林，以後想也就無賬可查了。語堂先生有一度曾經叫他的侄子林國榮去了解，自然不會有什麼結果的。《宇宙風》辦起後，語堂要加聘他的弟弟林憾廬。陶亢德是很有個性的人，他第一覺得《宇宙風》是初辦的一個小機構，怎麼可以安插閒人，第二覺得語堂也許對他不信任，所以沒有多久，亢德的《宇宙風》就拆伙獨立出來。《人間世》與良友合約滿後，語堂曾經問我是否有興趣繼續自己來辦，他可以同我合作。像《西風》同《宇宙風》一樣，我自己覺得沒有經商的才能與興趣，所以沒有接受語堂的好意。

大概在中央研究院有什麼變動，《天下》月刊停辦後，語堂很想到北平定居，專心從事著作，他到過北平一趟，但考察一下，改變了初衷。回到上海後沒有好久，那時《吾國與吾民》在美國出版後很成功，他有全家搬到美國的打算。要結束上海這樣一個家，搬到美國去，這當然是很大一件事，像這樣的事情，語堂都是依靠林太太，由林太太全權處理的。他們把家具標價賣去，都是十元八元一件，亢德好像也買了一把沙發，語堂的兄弟也買了幾件。當時儕輩都奇怪這個做法，幾件舊家具對自己兄弟還要收錢，就未免太沒有人情味了。

我不記得語堂去美國是搭什麼船，但搭的是二等艙，我們都去送行。這就是語堂三十年僑居的開始。後來我去法國，我同語堂也通過幾封信。兩年後，我回到孤島的上海，好像缺少聯絡，一直到抗戰時期，語堂回國到重慶才再見面。他住在熊式輝的家裡，我去看過他幾次。那時他已經名振海外，在重慶往還的都是要人。我自然只在他有空閒的時候去拜訪他。有一次，我們談到中午的時候，他留我多坐一會，回頭一同去外面吃飯。就在那時候，門外進來一個人，他告訴我那是黃仁霖，說找他也許有什麼事。我自然知道他有暗示我可以告辭的意思，我也就起身走了，以後我沒有再去拜訪他。這一次回國，他的目的至少有想搜集一些資料去寫書的意思，但是他對當時的抗戰情勢，後方與前線種種他都不想了解，他同文藝界出版界也沒有特別的聯繫與交往，我想當時與他比較有來往的是孫伏園、老舍與我。但我相信他也並沒有向我們談到現實生活上的種種。以我來說，我是於一九四一年珍珠港事件後，從上海淪陷區奔向後方的，輾轉曲折，經過了八九省的路程才到重慶，當時許多西洋的記者都要我同他們談談淪陷區的情形與路上的見聞，而語堂則從不與我談到這些。他當時往還的既多是要人，談的也許是國民外交一類的大題目吧，這似乎離他小品文的意境是很遠的。

一九四四年我去美國，我又看到語堂，他與他太太都以老友待我，時常招我到他家吃飯，那時候正是抗戰時期，他的著作為國家盡一定的宣傳的力量，當時日本輿論界覺得他們沒有一個林語堂這樣的作家可以在世界上爭取同情為憾事。但是在我與他私人談話中，我發覺他對於中國現實的種種，實在很隔膜。這也許是氣質關係，語堂對於社會的現實始終是不想接近與了解。他不喜愛賓客，也從不同來客談現實的種種。這與胡適之是完全不一樣的。胡適之那時也在美國，他的客廳往往有許多訪客，遇到中國有人出去，他喜愛人家去拜訪他，聽人對於中國的報導並同他討論中國的問題。

在某一方面，語堂的主觀非常強，他對於是非真偽的看法，也往往不願意根據客觀的事實。大概就因為這些關係，他回國一趟後並沒有寫成什麼出色的著作。以後似乎只有回到寫《蘇東坡傳》及《中國與印度的智慧》等書了。因為這是只要靠書本的資料與他的智慧就可以寫得出色的。

每個作家都有他的特殊的才能與偏向，我們並不能要求一個作家有多方面的才能。但社會的現實是現實，我們無法完全否認。一個社會有一個社會的傳統，它所形成的風俗人情也正是一種現實，而我們不得不面對這個現實。語堂是一再強調「我行我素」的話。一個作家可以寫你愛寫的東西，但只有寫你所懂得的東西。碰到客觀的事實，你就不能再說「我『寫』我素」了。這也就是語堂後期的小說流於貧血與幼稚的原因。而實際生活上，語堂後來之被誤會而失敗也許正是這一點。這也可說正是中國人老話，所謂書生不懂人情世故的缺點。

七

……世界上只有兩種動物，一是管自己的事的，一是管別人的事的。前者屬於吃植物的，如牛羊及思想的人是，後者屬於肉食者，如鷹虎及行動的人是。其一是處置觀念的，其他是處置別人的。我常常欽羨我的同事們有行政和執行的奇才，他們會管別人的事，而以管別人的事為一生的大志。我總不感到有什麼興趣。是故，我永不能成為行動的人……

這是語堂自己的自白。可是，說這樣聰明的話的作者，竟接受了去擔任一個大學校長的職位了，而且是要他去創辦一個「大學」。這也正是要原來吃植物的人去吃獸肉，因而引起無法消化，以致病倒，而病倒以後，還一直不能了解這致病的原因。關於南洋大學曇花一現的事件，我知道的不多，我想趙世洵的報導是很可靠的。一九六〇年，莊竹林任南大校長時，我去教一年書，我聽到不少關於語堂在新加坡時的種種，許多人對他諸多的侮蔑與抨擊，我實在為語堂抱不平與可惜。我想，如果胡適之與梅貽琦都不接受這個校長的邀請時，語堂在接受前，實在大可與胡、梅兩位談一談。我相信他們不接受的理由，至少一部分是因為南洋環境的複雜。語堂如果想去新加坡，先要了解新加坡的現實環境是最要緊的，而且在接受後，貿貿然先發表離題的談話，這實在是很不智的。其實語堂在新加坡，同南洋大學執行委員會——或者說董事會——是賓主的關係。這種關係應該是合則留不合則去。這裡林語堂所謂「文章可幽默，做事須認真」的話，很值得我們作深一步的探討。我上面已經談到「做事」是不得不包括「處世」的，越是處在高級的位子，「處世」的成分也越複雜。語堂先生深得老莊人生態度的旨趣，他實在應該了解「處世的幽默」與「做事的認真」很需要一種融會的。儘管語堂到新加坡前，有維護個人權益的合約的，但到賓主不相融的時候，語堂應有視合約如廢紙的幽默才對。他雖然有責任為他所聘的教職員爭取權益，但他自己應該分文不取，潔身引退，也根本無須同陳六使這樣的朋友計較是非。在語堂初到南大時，號召華僑踴躍捐款，當時聽到的最令我感到「煞風景」者，是要三輪車夫義賣捐款，我覺得這是很出格的事情，即使發動者不是校長，而校長也應該加以阻止才對。如果語堂已經贊同了這樣的募捐，接受了三輪車夫的義賣，現在校長辭職，要根據合約拿一筆很大數目的賠償而走，這不是老莊也當然不是孔孟之道。語堂如果稍稍了解當時南洋的社會，老實說，要去到那面去做校長，最好先接洽一筆洛克斐勒或福特基金的捐贈才好。正如做人家媳婦，帶一筆嫁妝才可以使人看得起。語堂熟讀《紅樓夢》，應知鳳姐在大觀園中之地位，也是有「嫁妝」的關係。語堂既然白手而去，自然更應當了解這些僑領對於「大學」，也還是有「投資」的想法。老實說，像陳六使這樣，怎麼會知道什麼是「大學」，什麼是第一流大學──這是語堂當時口口聲聲談到的。而且，他們在捐錢的時候，已經有「利潤」的眼光了。譬如，南洋大學的校址，設到裕廊還要下去的地方，據人說，他們已經看到大學建立起來時，附近的地皮都會大大的起價，而他們正是擁有大幅地皮的人，所以他們捐了些錢，已經獲得了更大的補償。語堂在建校的計畫中，本來擬約請一位曾經建造多間大學的建築師來設計的，可是一到新加坡，學校已經在那裡動工了。據說校董中本來是有人擁有建築公司的，像這樣大的工程，怎麼自己不包而要讓給別人呢！當陳六使對語堂的預算不同意時，陳六使如果不先公開批評，私下先同語堂商談，應該可有商討的餘地，現在陳六使先公開發表談話，顯然後面已經有別種原因。語堂不知有否平易地問過陳六使，當時馬上對陳六使發脾氣，實在是非常天真的態度。倘若一言不發，對陳六使笑笑，不同他爭利爭是非，悄然引退，那就是最超脫的幽默態度。語堂後來聽說，是老華僑陳嘉庚自大陸寫信給其女婿李光前種種，這當然是有所根據，但李光前也不是一個小孩子，也沒有理由一定要聽其老丈人的話。後來語堂對我說，李光前一直沒有參加過任何歡迎他或關於南大的會集。我當時就想，語堂到新加坡後有沒有去拜訪過李光前呢？在南洋的習俗上，在中國傳統上。南洋大學既然是要靠僑領支持，而李光前又是富甲南洋的大戶。語堂要做南洋大學校長，為大學，先去拜訪這些富豪的僑領是有一百萬分的理由的。請李光前捐款，總比號召三輪車夫捐錢合於情理的。且不說那件事情有什麼政治背景，如果沒有，語堂要擔任校長下去，也是絕不會愉快的。以前做地方官的人，都要找一個熟識當地情形的紹興師爺，才能上任，也就是這個道理。當時語堂以其婿黎明為大學秘書，以其女太乙為校長秘書，這也是當地人士無法諒解的事。黎明、太乙都是才學兼備的人才，當然不是能力問題，但聘為教授，不會有人說話，插在人事圈子，自極不合中國傳統之情，亦有違於現實環境之理。語堂自己說：

且凡天下之事，莫不有其理，莫不有其情，於情未達則其理不可通。理是固定的，情是流動的。所以我在《吾國與吾民》中說：兩人斷事之是非，以理為是，中國人必加上情字，而言情理，入情入理，始為妥當。因為我們知道，理是死的，推演的，情是活的，須體會出來的。近情入理始是真知，去情言理，不足以為道……

說如此通情達理的話的人，而對於自己處世立身，無法使情理貫通融合，殊可惋惜。以語堂文章之飄逸，而拘泥於意氣微利之爭，不知是否所謂「做事應認真」這句話害了他，我想當時如有一個高明的「師爺」予以指點，或仍可使其頓然返悟。甚至把已爭得之錢，於臨行時捐贈南洋大學，也正可使陳六使之流愕然自慚的。在語堂離開新加坡之時，陳六使仍親自到機場相送，這種雖是表面之事，但也正是有涵養懂幽默的人之行為，我們也可以想到，這也正是背後有「師爺」在指點的。以後我聽到紐約的《聯合日報》對語堂的攻擊，這事情毛樹清兄似乎知之甚詳，與陳六使當然是有關係的。我不知道當時語堂爭得的賠償費占總數三十五萬二百另三元之幾分之幾，比之於以後的語堂在「共同基金」（Mutual Fund）上之損失，恐怕還是很微的數目吧。

我在這裡，並不想論語堂與當時南大那一幕的是非，我只是想在這件事變中，分析語堂對於客觀現實之不願了解所引起之誤會與損失。我們站在比較了解他的地位，覺得實在是很可惜的事。現在，這裡所談的都已過去，李光前、陳六使都作古，語堂也已仙逝。現代的大學，似乎也只有政府有力量可以辦。當年紛爭不過是浪潮中的一個泡沫而已。

八

關於語堂的兄弟們，在趙世洵的〈悼念林語堂先生〉的文中，介紹得很詳細。他是根據語堂的胞侄惠瀛所告訴他的，當然再準確沒有了。我則除了惠瀛的父親孟溫先生外，語堂的其他幾兄弟，每一位都認識的。玉霖一直在教育界，我不但認識他，還認識他的二位公子，一位就是上次提及的國榮，他是一個很實在很誠篤的人，我在重慶認識他，那時候他還沒有結婚。我還認識他當時還是未婚妻的太太。一位是林疑今，我是在上海認識他，後來在重慶也有往還。疑今也是很聰明的人，但是「目空一切」，比方說談到胡適之，他會說「算不了什麼」，談到徐志摩他也會說「沒有什麼」，語堂不喜歡他這種態度。我同他雖沒有成知交，但並不妨礙同他來往。我認識這類朋友很多，一直到現在，我碰見許多比我年輕的作家及所謂詩人都有這類態度，我始終可以幽默態度同他們來往，有時候覺得他們有些地方的可愛與可笑。疑今後來到美國，曾經把茅盾的《子夜》譯成英文，尋求出版，但沒有人要。他於勝利回上海後，在什麼大學教書，我於一九五〇年來香港前還去看過他。他面對動蕩的世界，自己好像不動蕩，他不懂共產主義，也不了解現實環境。我知道他會遇到困難，好像一九五幾年，他遭到了清算。林憾廬也是一位很忠厚和藹的人，我最後看見他是在桂林。他相信無政府主義，後來與巴金很接近。疑今常笑他們，「無政府主義還辦什麼書店！」林在上海時常常碰到，好像在《中國評論周報》任編輯，後來去菲律賓。

我自然還認識語堂的三位小姐，都是學有專長，賢淑可愛的女孩子。大小姐如斯，未能壽終，一直為認識她的人惋惜。我讀過謝冰瑩寫的一篇發自內心的哀悼的文章，當時我很想寫一篇，但我怕會觸語堂先生的心，所以未敢動筆。一九六六年，我到美國出席國際筆會，在紐約，國榮伉儷請我在他們家裡吃飯，是我最後一次見到如斯，在她的溫婉的笑容中，我發現她內心的孤寂。那時候語堂先生與夫人初初定居在陽明山，我寫了一封信給他們，覺得他們應該邀如斯住在一起，彼此都可有依慰。後來我從美國到日本又到台灣，到陽明山去拜訪語堂先生，林太太對我提到我的信，說他們自然歡迎如斯來台灣，只要她自己願意。後來如斯真的回到了台灣，我想她以後一定較會快樂。但我第二年到台灣時，語堂先生已經遷入新居，如斯則並不住在一起，因為她當時任蔣復璁先生的秘書，住在故宮博物院附近。我那次在台灣也住了幾個星期，竟沒有拜訪如斯，以致以後再無機會，可說是一種遺憾。我覺得人與人來往是一種機緣。

我與語堂先生認識是始於我在《論語》投稿，但能夠繼續保持往還，一直到大家都住在香港，還常常見面，可說是非常難得的。在為他慶祝八十歲壽辰時，他精神還很好，當時他同我談起，還想把他那本英漢辭典重編一本袖珍本。以後他似乎日趨衰萎，很怕與人應酬，我自不便去叨擾。去年我在台北，後來知道他也回到台北，蘭熙想去看看他，我告訴她，他大概沒有精神同客人談話。他雖曾為文談赤足之美，但他絕不赤足穿拖鞋或穿睡衣來接見客人的。而他當時要作這樣的振作，也已經是一種很大的負擔了。蘭熙後來說她打過電話，說是出去了，她知道那是一種托辭。我自從慶祝他八十歲壽辰後，就沒有見過他。一直到在報上見到他病逝的消息，才打電話去問，以後在殯儀館裡對他致最後的敬禮，我心中除了悲傷以外，心中有一種說不出的感觸。

在中西文化交流，中西思想融會的時代中，中國出現好幾種的看法，最初是中學為體，西學為用；後來是中國文化是精神的，西洋的文化是物質的；再後來有談中國文化是道德的，西洋文化是科學的。這種劃分，引經據典，似乎都可以說出一番道理，可是事實上總是反對者有理。原因物質的文明後面一定有精神，科學的發達一定產生道德。語堂對西洋文化與中國文化的比較，是從生活的態度與趣味出發，不作死板的劃分。他從對零星事件的觀察與思索中，發現中西的不同，他不用抽象的理論來作論理的辯證。在體念上講，是藝術家的態度，在表現上講，是小品文的境界。這是他與以前以及同時代談中西文化者不同的地方。理論的爭執，往往在說服他人，而別人不一定被說服，語堂只說自己的體念，他不想說服人，而讀他的文章者，自然同情他。他是一個基督教徒，他雖然一度中途背離了基督教，但他的靈魂還是屬於基督教的，所以他最後又回到基督教的信仰，是自然不過的事。我沒有讀過他的《皈依耶教》（From Pagan To Christian）那本書，但我想，信仰不是理論的問題。當他先讀老莊與孔孟的著作之時，老莊與孔孟的思想在他或只是新鮮而可愛的朋友，他一直沒有改變他的基督教的人生態度。在語堂淵博的中西文學修養中，他最讀得精熟的還是《聖經》。這似乎很多朋友都不知道他這一點。他的心靈是貫穿著基督教的精神，因此儘管有許多種不同的思想與趣味，無論是老莊或孔孟、蘇東坡或沈三白對他的吸引，他只是讚美與欣賞而已。他一直沒有違離基督教教育所給他的道德世界。他的「做事要認真」可以說是對神負責的話。而「文章可幽默」則是對人挑戰的話。

我相信他在中國文學史有一定的地位，但他在文學史中也許是最不容易寫的一章。在我與語堂文字往還之中，有他寫過一幅屏條送我的，留在大陸，現在大概不會有了。在我詩集裡，有一首一九四一年寫的〈寄友〉的詩，是寄給他的，當時他在美國，我在孤島的上海，怎麼會寫這樣的詩我也忘了，是不是寄過給他，我也記不起來了。在我出詩集時，因為怕有「我的朋友胡適之」之嫌，所以只以「寄友」為題。現在他已經棄世，我感覺這首詩，現在寄給他在天之靈，也還是有新的意義，只是其中「我年已三十」句，應改為「我年已六十」了。因謹抄在這裡作為此文的結尾：

〈寄友〉

月如畫中舟，夢偕君子遊，遊於山之東，遊於海之南，
遊於雲之西，遊於星之北。山東多宿獸，宿獸呼寂寞，
春來無新花，秋盡皆枯木；海南有沉魚，沉魚嘆海間，
白晝萬里浪，夜來一片黑；雲西多飛鳥，飛鳥歌寂寥，
歌中皆怨聲，聲聲嘆無聊；星北無人跡，但見霧縹緲，
霧中有故事，故事皆荒謬。爰遊人間世，人間正囂囂，
強者喝人血，弱者賣苦笑，有男皆如鬼，有女都若妖，
肥者腰十圍，瘦者骨峭峭，求煤擠如鯽，買米列長蛇。
忽聞有低曲，曲聲太糊塗，如愁亦如苦，如呼亦如訴，
君淚忽如雨，我心更悽楚，曲聲漸嘹亮，飛躍與抑揚，
恰如群雀戲，又見群鹿跳，君轉悲為喜，我易愁為笑，
我問誰家笛，君謂隱士簫。我年已三十，常聽人間曲，
世上簫聲多，未聞有此調，為愛此曲奇，乃求隱士簫。
披蓑又披裟，為漁復為樵，為漁飄海間，為樵入山深，
海間水縹緲，山深路蹊蹺，縹緲蛟龍居，蹊蹺虎豹生，

龍吞千載雲，虎吼萬裡風，雲行帶怒意，風奔有恨聲。
泛舟槳已折，駕車牛已崩，乃棄舟與車，步行尋簫聲。
日行千里路，夜走萬里程，人跡漸稀疏，簫聲亦糊塗。
有鳥在樹上，問我往何處，我謂尋簫聲，現在已迷途。
鳥乃哈哈笑，笑我太無聊，何處是簫聲，是它對窗叫。
醒來是一夢，明月在畫中，再尋同遊人，破窗進清風。

一九七七年。

楊震文（丙辰）

在中國現在，對於英國古典文學有深究的人怕還不難舉出十個人，而要舉出對德國古典文學有深究者，怕只有楊丙辰一個。丙辰生成有德國氣，德國氣是深沉，丙辰的面貌也就是這一派：臉是黑的，眼睛缺乏東方人的靈活，鼻子缺乏英國人的自負，嘴唇缺乏法國種的俏皮，要是說他因此也有德國人的果敢，這是不確的，因為臉上還缺少拿得穩的筋肉。

在北平，市場舊書攤裡，北海的船上，你是毫不用去認他的面貌的，一身整潔而過時的洋裝，身體好像非常結實，邁著穩重而文雅的步伐者，必是楊丙辰無疑。照他的面貌，正如孫大雨一樣是屬於不美的。一個人面貌之得人喜歡，在美以外似乎還在整潔。真正美人自然都是整潔，但有一種使人說不出他的不美處，而整個地看起來是不能討人喜歡者，這種面貌就是不整潔。丙辰的使人感到他的可親，就在他的整潔。他的洋裝也就是這個風格。男人常要有一個美的女子，但這種美到男子身上就成為海派。因男子不美者常是穩重可靠，而整潔就成為聰慧女子眼中的最可貴的男性美，理由大概就在此。

丙辰有一個東方病態美的太太，聽說他太太是有點肺病的。丙辰愛划船。划船對肺部最有益，或者是為可以使肺多有抵抗力吧？丙辰不喜歡左，或者他也不懂左，但是他愛左傾的青年，亡命者常有在他那兒先躲一兩夜的。警察怎想得到這個古典的教授家裡會躲著叛徒呢？人說他懶，他說是身體不好。他愛讀書，不常著作，不愛上課，同事與學生的譯品請他校對者，他放在雜亂的書桌上，每次別人問他，他尋出時是要用雞毛帚刷一次的。可是在他簡樸的會客室內，他肯接待任何青年來談學的。他懂得許多古典的學問，古典哲學他也有深究，但他不理會現代，他其實有點看輕現代。他慷慨，常常請青年人吃飯；青年人求他荐事，他都願意幫忙，冒著多大的風雨都會替人奔走。去市場，逛舊書攤買舊書的興味是很濃的。報販們一見到他就包圍他，他沒有一次不是每個報販一份的向他們買的。

他常說自己缺乏天才，其實他缺的還是生活。對工作，他有點疏懶，但是絕對的忠實。他譯的書不多，譯筆是直的，但是他用注解的方法，這種對於德國古典文學之注解，在中國是沒有多少人所能做的。他也愛浪漫主義的文學，但他討厭輕浮。他愛莎士比亞，他愛海涅，但他不愛志摩。在志摩死後許多紀念與批評的文字中，在文學本質上指出志摩缺陷的，恐怕只有他的一二篇文章。要說志摩的詩是靈滑，丙辰讚他的靈，而討厭他的滑；要說志摩的詩是輕妙，那丙辰是讚他的妙而憎他的輕的。我這樣說法，自然有點語病，但這個深沉的端方的學者，讀志摩的詩不合脾胃的地方怕也只有這樣可以說。

用情方面看來，適之是忠實的，志摩是熱烈的，豈明是悠長的，而丙辰才是道地的專一。要說一個教授並不是入於對情已有沖淡不關心之境，能一心一意對太太而路過豔人毫不盼目的，照我所知道的只有丙辰一個。

要是說北平城中教授少著作，是生活太舒適之故，丙辰更是難免此譏。因為他沒有子女，也沒有勞忙於升官發財的打算，簡樸清靜能讀書在他已是滿足了。他在北大任德文系主任有許多年，現在聽說是完全脫離北大而去清華了，雖然小，在他似乎是可算一個變動了。他離青年人很遠，但是青年人都敬愛他。假如他也愛青年人的話，那麼多介紹一點德國文學讓青年人讀讀正是一件責任上的事情。

一九三五。

我認識的丁文淵先生

我認識丁先生沒有幾年，第一次見面，只覺得他是一個和藹可親的老人。我想他大概有六十歲吧。可是同他往還多了，知道他一點性格以後，倒覺得他年輕起來。他所以讓我感到如此年輕，是他的積極有為的人生態度。許多事情，我覺得不必為或為必無功的，他總覺得我們有事可為則為之，成敗利鈍，非所計也。我看他白髮蒼蒼的人都如此，就覺得自己太疲懶了。他不但已是一個白髮蒼蒼的人，而且因腸癌症經過手術，也可說是一個殘廢的人。那時候他的太太也已經殘廢，整天僵臥在床上。而他對於這些病患與困頓的環境，一點沒有怨天尤人；對於世事，也都有樂觀的看法；對任何職責上事情，都能非常認真地盡心盡力去做；這些地方，實在使我非常驚異。

我認識他的時候，他住在勝利道，他只占一間房同一個騎樓。人多，地方小，到處是箱籠雜物，太太又整天躺在床上，他自己也常常有病，可是他對於生活還是非常整飭。記得有一次我去看他，他在騎樓上招待我。我看到桌上正堆著許多參考書，放著寫滿整齊無比的蠅頭小楷鋼筆字的紙張。我問他，他告訴我是德國史的講義。那時候他在珠海教德國史，這種冷僻的功課，選聽的人一定不會多，可是他還是這樣認真地在編講義，這也可見他對於工作的責任心。但我所感興趣的則是他的字體的工整與細小。我寫稿子，素來是字小出名的，但塗改亂草，往往使見者頭痛，可是他的則如此清楚整齊；其次我記得他用的稿紙即是普通十六開的白色洋文信箋，這同我不約而同，我是不喜歡用普通方格子稿紙的人，這位老先生正同我一樣，自然很使我奇怪。我當時很想提到我寫稿的習慣，但大概因為有事情談，所以沒有提及。

我結婚後，才知道丁先生是內人的世伯，她的家與丁先生在元朗是鄰居。所以從妻那裡知道好多關於丁先生的家事。那段時間，大概正是他太太住在醫院的時候，丁先生每天帶著菜餚長途跋涉地去看太太。如果一天不去，則一定有一封長信寫給他太太。這對老夫婦伉儷之篤，在那裡附近的鄰居中，也成為一種美談。據說丁太太之殘廢，是因為丁先生去台灣稽遲未回，想跳樓自盡而得。這件事情在情理上我很難想象，我也一直沒有問丁先生。記得丁先生只告訴我，他太太實在不能夠離開他而生活。

丁先生學有專長，但從不炫學，他不談外行人所不懂的東西。我們自然也無從知道他在法醫方面的成就，即在殯儀館公祭場合中，德國駐港總領事談他對於德國文化的博通，我們也無從認識。我所知道的，就是他的好學的精神，他的常識的豐富，與其他對於現代的文化政治的關心。在文藝圈子中，我聽到許多人在批評人家的作品。往往談了半天，我發現這個批評的人竟並沒有讀過所批評的人的作品，或僅僅在報刊上讀過一二片段。最奇怪就是寫文藝批評文章的朋友，對作品也只是隨興抽查，憑一己之見，妄作褒貶。丁先生對文藝是外行，但是他聽到我們談到什麼年輕人的作品時，他總要找來仔細閱讀，讀了以後，他憑他的常識有許多寶貴的意見。有時候，他很想把這些意見給作者知道，我就覺得這是過分熱心的多事。我知道現在許多年輕作家的自大與驕傲，聽了他的意見，無非使人家不高興或見恨而已。這種地方，我覺得他比我天真而我比他世故；但反過來，在精神上，他是顯得比我年輕了。他這種對於工作的認真與對於年輕人的熱心，我相信他教書一定是很好的。

後來我知道他要在家裡開德文班，我就很想去就讀，但是我的讀書實在是一種娛樂。有時候，我有很多時間浪費在閒混之中，因此我就想為什麼不唸唸ABCD；但我可也不是經常有這些時間的人，有時候往往一星期找不出一定空閒；而且記憶力差，生活沒有規律；因此就怕他太嚴太認真，所以沒有去嘗試。可是他老先生則想找先生學英文，以他的年齡與身體，竟如此好學，這自然使我感到非常可佩。當時有幾個朋友，由於丁先生的鼓勵，很想大家同他一起找先生共同研究，以利用一些常常浪費的時間，但因為找不到合適的教員，此事迄未實現。有一次，我不知怎樣，偶而同他談到靈格風，他就很想買，不斷向我打聽，以後我不知他買了沒有。直到他死後，才知道他的遺產裡正有一套英文的靈格風，想大概就是那時候買的。他的好學與認真的態度，可以說時時使我感到我們後輩太不如他。

有一次他送我一本胡適之著的《丁文江傳記》，我讀了以後，他問我有什麼意見。我說：「這自然是一本好書，但胡先生是有考據癖的人，所以他的落墨處只是丁文江先生的生平事實。以傳記文學的水準來說，他沒有從這些生平事實中寫出一個活生生的人物，裡面最缺乏的就是對許多事情後面丁文江個人的心理因素的探索。」丁先生聽了我的話，覺得我很有見地，當時他從另外一個角度說到這本書不足之處。他叫我寫一篇書評，我先答應下來，但後來談談，他說他正要寫一篇關於丁文江的回憶錄，以補充胡傳的不足，我當時就說：「那麼我等你的回憶錄出來後，我再寫書評好了。」這句話說說很久，但始終沒有看見他把回憶錄寫好，這當然是因為他教書等工作太忙所致。丁先生的遺囑中，關於丁文江先生的文件，是將直接寄交胡適之先生的，那麼我想很可能，他有半篇未完成的回憶錄在裡面的。

我上面說過，丁先生勇於任事，勇於任事的人很多，但大都是喜功好大；丁先生則又是嚴於律己，可是因為律己過嚴，對人亦就有苛求。這大概是他在中國社會環境中任行政工作不太合適的緣故。在我所知道的他的社會生活，他到處都是為公而犧牲自己，從來沒有假公濟私之事，這點即使在辦事上認為丁先生過分固執死板的朋友，對於他這種德性也都是感到無限欽佩的。

五四運動的口號是民主與科學。這兩點精神，在中國始終沒有普及與深入。在我所認識的師友中，大半都像放不開的小腳。即是當時五四運動時赫赫的維新人物，到頭來還是去迷戀無魂的屍體；甚至比我年輕的朋友，藏三躲四，最後還是露出陳腐的尾巴的很多。丁先生這方面是非常澈底，這在我認識的人中實在是寥寥可數的。一談到民主，許多人自然地想到民主政治，我覺得在政治上主張民主只是一種民主精神的自然結論。民主精神是一種尊己的人生態度，是一種有確定的立身處世的道德原則。許多口頭上主張民主政治的人，他在家庭生活社會生活中，往往遠離了民主精神，所以他的政治上的民主主張，事實上他就是一種想擠入政治舞台的手段。這種人如果真是大權在握，也決無法能容納異己的。丁先生的主張民主，是發於他自覺的民主精神。這在他在社會上與朋儕往還，在家庭中與年輕人的相處都可以見到，他處處都是尊重別人獨立的人格的。

在許多方面，丁先生的主張並不與我相同；他對於人的認識與對於事的判斷，我們也並非能一致。但是他的人格則是我在萬人之中所沒有見到過的。他的勇於任事嚴於律己，以及對於人生積極樂觀認真的態度，對於我的疲懶閒散的性情，可以說是一種教育。只要想到他的年齡與身體，我以身體不好作懶惰的藉口就感到可卑。想到他編講義時的整齊的蠅頭小楷，我的雜亂的稿子就覺得是可恥了。

一九五八、一、九。

悼念詩人伍叔儻先生

在日本，我收到約翰先生信，說是伍叔儻先生死了。我當時就寫了一封信給楊勇先生，請他與梅應運先生注意他的遺稿。伍先生的遺稿中有幾千首詩（多數是五言詩），這是我所知道的。

伍先生雖是一直在大學教書，但他是一個文學家。作為一個文學家，自必通過一種文學形式來創作，他所愛用的形式是詩，特別是五言詩。伍先生非常看重他的詩稿。近幾年來，每當我們兩個人閒談的時候，我總是勸他把這些詩稿整理一下，出一本詩集。我說不一定要木刻，不一定要印得怎麼好，只是整整齊齊出一本，讓愛好的友好欣賞欣賞而已。專談談文學，我們的修養並不相同，我們的見解也並不一致，但是總是有許多話可以談。專攻舊文學的人與我談談文藝思想與文學趣味而令我敬佩的人並不多，伍叔儻先生則是很少的人中的一個。

伍先生的詩，偶爾也發表幾首，但這只是為應酬友好的邀稿，並沒有真有發表的打算。我對他說，文學不發表——也就沒有傳達——還不能成為文學。藝術如果沒有經過欣賞的過程，它還不足稱為藝術，哪怕這欣賞是一二個知己或只是自己的愛人。藝術家的作品，如果沒有傳達給人，那只是表達，那麼任何表達都是一樣，不必求諸藝術，這也就是說不需要任何藝術形式。一個人手之舞之，足之蹈之，低喟長嘆，詛咒暗罵，豈不都可稱為藝術？他聽了我的話很同意，只是表示他的詩不見得有多少人能欣賞。我對他說，藝術的欣賞並不是像他所想的這樣，一定要了解作者的心胸。我說，越是偉大的作品，它的層次越多，欣賞的人往往所見所感的本不一致。因為每個人欣賞的角度不同，所以感應也不同。另一方面，也可說藝術上的知己往往是少數幾個人，多數人只是享受藝術的光芒。以前有人說瞎子摸象，各有各的想象，這也正可說明人人對藝術品欣賞的不同。雖然有視覺的人能看到象的全體，但仍很難說他是真正了解了象的性格與那個象的特殊個性。他聽了我的話很讚賞。第二次見面的時候，他就說要接受我的意見而圖謀出版了。可是「圖謀出版」離出版自然還很遠，而沒有多久他就病倒了。

我所以常常同他見面，是他住在九龍太子道，離清華書院很近，我在清華書院每星期有幾小時課，有時去得早一點就常常在他那裡坐一會。他像是有一個乾女兒王小姐住在一起，但乾女兒並不出來同我交際，所以我們總是兩個人閒談。有一次我大概談得太久，忘記了時間，他的乾女兒出來在他的耳邊說幾句話，他就留我吃飯，我也就接受了。我原以為是在家裡，誰知他到裡面去換衣服，換了衣服，邀我到隔壁一家西菜館去吃飯。我說，早知道他要換衣服請我到外面吃飯，我是不敢接受的。他說：「他們有客人來，所以我們到外面吃飯方便。」所謂「他們」，自然是指王小姐了。王小姐是他的乾女兒，也是他的學生。她在香港大學東方語言學校教廣東話，中英文根基都很好。伍先生是常常在我面前誇讚她的。去年年底，伍先生告訴我她已與一個英國人訂婚，過年就要結婚。寒假中我來台灣，從台灣回去，聽說伍先生的乾女兒已經結婚，伍先生也搬到乾女兒的家裡去住。我因事忙，也沒有打聽他的新址，所以一直沒有去看他。可是我心裡覺得一個老頭子，在現代的社會裡，住在親女兒的家都不一定是滋味，住在乾女兒洋女婿的家裡，竟是伍先生所樂為，也可見洋風日古了。

再見到伍先生的時候，他已經住在養和醫院裡了。伍先生桃李盈門，他的學生，對他都非常敬愛。崇基有些學生同我也相熟，有一次，我問他們有沒有去看伍先生，他們說他們去看過，因為不受王小姐的歡迎，所以以後不敢去了。伍先生的病在養和醫院裡拖延很久，有人說有點被醫生耽誤了。崇基的學生們又告訴我，說崇基本來要介紹他看另外一個有名的醫生，要他搬到瑪麗醫院去的，可是王小姐一定要看這個醫生，搬到養和醫院裡來。這些話我都沒有去細究，而那時候在新加坡的伍先生公子伍妥先生也來香港，他是要在他病軀稍痊的時候，搬到新加坡去。那時候，大家都相信伍先生的病已沒有生命的危險，但也許是要半身不遂了。好在伍叒先生在新加坡很發財，他至少可以安定地享受殘年的。後來伍叒先生回新加坡，他的太太來港照料，不知怎麼樣一個曲折，又搬到瑪麗醫院去。先聽說情形很好，只是不會說話，當時就有人說，要是早去瑪麗醫院，也許早就好了。

瑪麗醫院，離我的住處太遠，我當時又忙於這個那個，最後又忙於赴美，聽說他已逐漸痊癒，所以一直沒有再去看他。到了美國，我在夏威夷住了四天，飛往紐約，在舊金山過境時逗留一小時的時間，我在機場裡盤桓，機場裡有許多人在等候飛機。我發現每一個人都並不快樂，只有幾個依在母親懷裡的孩子同靠在情人懷裡的少女，她們的臉上才有些歡愉的笑容。我從這些疲倦憂鬱的候機的人們的面部表情中，忽然想到了伍先生在病榻裡的病容，心裡起了很奇怪的感想。在飛機飛往紐約的途中，我寫了一封信給伍先生的學生徐君，問他有否去看伍先生，他的病體到底怎麼樣。這封信是在紐約寄出的，我接到徐君的回信已經是十幾天以後，當時我已經在舊金山了。她說，伍先生已經好了許多，只是不能說話，他們去看他，他只在紙上寫「來」，意思自然是叫他們多「來」看他，也可見他的心境的寂寞了。

說到我與伍先生相識，那是遠在一九四二年。那時候伍先生任國立中央大學師範學院國文系主任，他要請一位教所謂新文學的人，不知怎麼他看上了我。他到處打聽我，後來是他的一位朋友沙先生告訴他，說聽說徐某人即是某某先生的孩子，而某某先生則是沙先生的故知。於是伍先生就托沙先生找到我。那時我剛從上海撤退到重慶。因為我撤退的旅費是一個金融機關供給的，我必須在那個機關任職，所以我不能去任專任教職，只能每星期擔任三個小時兼任教授，時間則是排在星期六下午。因為是上下午的功課，中午就要吃一餐午飯。兼任教授待遇很微，更兼沙坪壩往返跋涉，如果再在外面吃午飯，那就必須賠本。伍先生似乎知道這點，中午總要請我吃飯，雖然有時我也搶著付，但總是他付的時候多。吃飯的時候，我們自然也談東說西，我發覺他雖是很稱讚我的散文與小說，但是他反對新詩，自然也看不起我的新詩。他的說法是中國詩就是中國詩。詞不是詩，所以叫做詞，曲不是詩，所以叫做曲，新詩並不是中國詩，大可以叫另一個名詞，不必稱它為詩。他又說，五言詩是最自由的一種詩歌形式，所以它的前途是無限的。這些意見，自然與我的意見並不相同，但我覺得這也是一種新鮮的看法。我們自然也有機會談了許多別的零零碎碎的問題，雖然許多想法並不相同，但好像彼此都愛聽對方的想法，所以一直很投機。到一九四四年，我要去美國，所以沒有再去教書。以後好像也通過一封信，彼此就沒有消息了。

勝利後，我回到上海，知道伍先生娶了一個美麗的太太，在玄武湖畔買了房子。後來因有到南京之便，我去拜訪他一次。記得那是在一個秋天的黃昏，天下著雨，黃包車找了好久才找到他的住處。我倆談了好一回，那天好像沒有電燈，房內陰暗非凡，他的意態也非常蕭索，我也沒有看到他的美麗的太大。因為晚間有應酬，所以就匆匆告辭了。以後，我沒有再去南京，也就沒有與伍先生有什麼聯繫，一直到他到了香港以後，我們才再晤面。

他在香港，先住在王書林先生家裡，後來王書林先生搬家了，伍先生就一直住在太子道，這房子是學校津貼的。他住在前面一間房子，後面住著他乾女兒王小姐，整個的家政是王小姐處理的。他可以什麼都不管，這對於一個詩人當然是再好沒有的，但有幾個朋友則是非常關心的。伍先生每月收入數千元，他平常很少出門，除了很少的應酬以外，幾乎花不了什麼錢，可是他自己似乎毫無積蓄，他的錢是完全交給他乾女兒在管理，那麼如果伍先生退休了，他的乾女兒不把錢給他，那麼他將怎麼樣過活呢？說這話的人，自然也正如胡頌平先生一樣，知道伍先生是一個「金融不通」的人。而那時候大家已經聽說他的乾女兒不久要結婚了。伍先生的乾女兒結婚後，伍先生就搬到女婿家裡去住，一直到他住養和醫院期間，我沒有再看到他。在養和醫院，我碰到伍先生的公子伍妥先生，他要在伍先生病軀稍好的時候，接其去新加坡。可是他這個志願，始終沒有實現，伍先生還是死在香港。

最近香港來信，說伍先生後來非常燦爛，一具棺木耗費港幣三萬元，墳地兩萬元，都是由他的乾女兒出的。這也可見一個詩人有一個知心的乾女兒的好處了。

一九六六、九、五。

張道藩先生

蔣碧薇女士寫《我與張道藩》，聽說張道藩曾托人請她不要發表，可是我讀了以後，倒對張道藩有較好的印象，覺得他還是有愛有誠的地方。

我同張道藩沒有交往，但有過幾次接觸，我覺得他是一個官藝兩棲的人士。在我的生命中，碰到不少這種兩棲的人士，有的是官商兩棲，有的是政學兩棲，有的是文武兩棲……一個人有一個事業，另有一種消遣的愛好，我不名之為兩棲。我所謂兩棲的是他有兩副面孔，哪一種對他有利時就擺出哪一副面孔。張道藩能畫，能文，也寫劇本。他的畫我沒有見過，他的劇本則實在寫得幼稚，水準始終在五四初期剛剛從文明戲解放出來時的階段。他的其他文章我讀過的都是官樣文章，但我讀到過他的一封寫給邵洵美的信，這封信倒是寫得委婉曲折，有情有致。

在上海的時候，我與邵洵美有點文稿之緣，常有來往，時常到他家閒談。他那時家道已經中落，時代書局也已關門，只有一個印刷廠，還常常需要頭寸。他同我談的是中西文壇種種，過去文人花絮之類，自然也談到他在歐洲時候情形與同時的儕輩。因此也談到張道藩，他告訴我他幫助張道藩不少錢，張道藩回國時的船票也是他買的。那時張道藩早已官拜次長，邵洵美在頭寸周轉不靈之秋，乃寫信給張道藩，請他還一點錢，或說向他借一點錢，張道藩復他一封信，邵洵美給我看的就是這封信。這封信寫得很長，充滿了同情之心與安慰之意，並有許多對時代與環境的感慨，而結論是沒有錢還。但是我總無緣碰到張道藩。一直到重慶，那是一位學聲學的陳小姐結婚的時候，陳或是與蔣碧薇女士有點親戚之誼。我碰到張道藩，也碰到了蔣碧薇。張道藩是大官，我沒有機會與他多談，與蔣碧薇倒應酬了一會，我覺得她確是一個大方聰明的女性。

於是，在一個中國全國文藝協會（名稱或有記錯）的場合中，我又碰見了張道藩。那天主持人好像是潘公展，而張道藩則是主席。到的人很多，左右兩派人士都有。會場的布置是一條長長鋪著白布的桌子，四周坐人，潘與張就在一端。但因為人多，桌子四周坐了人，人後面又坐了一排人，人後面又參差地站著人。我去的時候稍晚，就坐在桌子另一端的後面，記得左首不遠是夏衍。不知在一個什麼問題上，主席徵求大家的意見，我站起來說幾句話。張道藩回答我幾句話，我發覺他是拿我當作支共的作家了，苦笑了一聲不再說話。夏衍在旁邊倒幽默地笑了起來。

當時文藝界有一個「全國文藝界抗敵協會」的組織，領導權是操在左翼文人手上，我從來沒有參加過。潘、張的「中國全國文藝協會」當然是為對付左派的文協而發起的，而主持人竟不知道被邀人的立場，其幼稚也可想而知。我對於政治是外行，對於開會更不感興趣，那次應邀參加，目的也只是見識見識，或者可說是看熱鬧。不看則已，看了以後，感慨甚多，而對張道藩，則覺得真是「徒有其表」了！

這以後，我再沒有碰見過張道藩，一直到一九五四年香港文化界的觀光團回台的時候，張道藩以主人的身分來招待我們。有一天晚上，我們一直坐在一起，他不斷地吸煙，用他聰明的口才瀟灑的風度談有趣的事情。於是，我們談到了重慶時代的那些左派的那些文化人。張道藩竟非常得意地說他那時候管一筆文化人的救濟費，說某某也向他領過錢，某某也得過他的幫忙，某某也全虧他的援助。最後我笑笑說：「張先生，你真不錯，幫過這許多共產黨或準共產黨的文化人，像我這樣，可沒有得到過你半點幫助。」以他的聰明，自然聽得懂我話中的意思。但是他竟面不改色，得意如常。後來，我同他談到邵洵美，我說我在一九五零年上海出來前常常同他見面，有時聊天聊到很晚。照說張道藩這時候無論如何應該問問邵洵美在上海的現況，至少也要表示對邵洵美有點關心的，但是他什麼都沒有問，他只是笑容可掬地說：「邵洵美，是的，我們那時候只把他當作小弟弟。」這時候，我心裡一寒，想到了邵洵美給我看的張道藩寫給他的那封情文並茂的信。

如果我以回想那封情文並茂的信的「光亮」，來讀他給蔣碧薇女士的那些情書。我想到，一個女人同一個藝術家相愛或者是美麗的，同一個官貴相愛或者是幸福的，同官藝兩棲的人相愛則的確是可憐的。

一九六九、九。

汪敬熙先生

汪敬熙是我的老師，但我不是他的好學生。我在北京大學哲學系畢業後，找不到我喜歡的事情，我就轉到心理系去讀書。心理學本來是哲學範圍內的課程，但因為二十世紀來，心理學有很大的發展，那年北大開始將心理學成立了專系，而且放到理學院去。我在哲學系裡對心理學與美學特別有興趣，所以選過的關於心理學的功課很多。系主任是樊際昌先生，他看我的學分單，把我安排到三年級。不過那時心理學系，因為初辦，功課很少，教授沒有十分出色的，有幾個美國新回來的，好像都沒有什麼可敬佩的。只有汪敬熙，他所教的功課記得是「心理學專題研究」，我們聽得非常新鮮。他認為心理的基礎是生理，而神經系尤其有心理的淵源，所以他要我們從神經學方面去研究心理學。因為當時心理學系的功課，可以引起興趣的只有汪敬熙的，所以我對於他的課從來沒有缺課。只是我轉系是在開課三星期以後的事，有幾課未上，所以我借了張香桐的筆記。但是，我讀了一年半，沒有再讀下去，原因是除了汪敬熙先生的課以外，再沒有什麼課可選，而且我當時悟到，如果要認真跟汪先生研究下去，那就勢必走到專研究生理學的路上去了。我讀書本來已是博雜不專，照說像我這樣勤於閱讀的人，敢說是遠超過普通的新回國的教授先生們的，但因為不專，所以學無所成，偏偏閱讀多了，常識豐富，偶爾教授們說了些他們的行外話，我就覺得他們幼稚，年少氣盛，很有點看不起他們。汪敬熙講學很專，不說空話，有時候材料準備不夠，講完了就提早下課，這使我很覺可佩。他那時是所謂的講座教授，北大當時不知怎麼另外弄來一筆錢，設立了講座教授這個名目，薪金比普通教授要高許多。（大概普通教授是三百多，他是五百元。）汪敬熙以外，我知道的還有一個是周作人。

我讀書既博雜不專，那時候又開始寫詩、小說以及劇作，偏偏師友圈子中對我頗有欣賞鼓勵。「九一八」事件後，我們做救國抗日運動，我的劇作《旗幟》由一個歌舞戲劇團在開明戲院演出，我又儼然自以為可以做劇作家了。你看，這樣生活，怎麼還有成為專家的可能？以後我就離開了對心理學的研究，到上海賣稿，一直到我於一九三六年去法國，我又想研究心理學。但不久中日戰爭爆發，我始終沒有能好好向專門的學問上做工夫，這是後話。

且說我認識汪敬熙先生，雖是在北大，可是遠在他研究心理學生理學以前，他的小說《雪夜》我在中學畢業時已經讀過。我記得他在序裡還是跋裡，好像寫過他是隨身帶一本小記事本，在生活中隨時記錄，作為寫小說的準備的。我在讀他的書後，當時就想，這個作者應該去研究科學才對。現在他成了科學家，我竟很自負我在中學畢業時已經有這樣的眼光。這本《雪夜》是四十年以前的小說，現在看起來一定是很幼稚，我雖然想不起來是什麼樣的內容，但是枯燥無味的死板板的寫實的一種嘗試作品，是不會錯的。

以後我同汪先生沒有什麼來往。但是，一九四四年，我在紐約碰見了汪敬熙，談到了我是他的學生，他記起來了，同我談得很親熱。我說我不是個好學生，我談到我為什麼當時沒有讀下去的原因：一是當時心理學系太弱，教授不行，功課又少，只有一個他，是我所敬佩的；第二，是我害怕如果跟他專研下去，勢必是要轉到專研究生理學或神經系學上去了。汪先生聽到我這句話，果然笑了起來。他於是提到張香桐。「他在這裡？」我問。「他在哈佛，現在研究生理學。」這樣，他約我一個星期日，一起去看張香桐。好像我們是上午坐火車去的，待了大半天，傍晚回來，汪先生還請我在一家中國飯館吃一餐飯。汪先生那時在做研究工作，我也忙，所以來往不多。有一次好像是北大同學聚會，有胡適之先生，有汪先生，汪先生就坐在我的旁邊。不知怎樣談起他多少年前還欠胡適之幾十塊錢，胡適之也幽默地說，現在也不要他還了。我當時就問汪先生是怎麼回事，他講得很含糊。旁邊有別人談別的事，把我們打斷了，我沒有再問下去。這個前輩先生的故事，想來也很難有人知道了。

勝利後，我匆匆回國，以後，因時局關係，經濟關係，生活緊張忙碌，與國外的朋友，都沒有通信，因此也再沒有與汪先生有什麼聯繫。一直到讀到《傳記文學》陳省身先生與李書華先生的文章，我才知道汪敬熙先生死了，而且是自殺死的，心裡感慨萬端。後來碰見吳俊升先生，談起汪先生。吳先生說，汪敬熙先生有一種苦悶，是他所研究的東西，生理學家當他是心理學方面的，心理學家方面又當他是生理學方面的。這話我想想覺得很有道理，在心理與生理學間的橋梁工作，是只有幾十年的歷史，可說是還在萌芽的時期，前途應走的路還長，將來慢慢溝通了的時候，大家才會認識，那些先進科學家們是怎麼樣以一磚一石把它鋪造成的，而汪敬熙先生也正是這方面的打基鋪石的一位科學家。

一九六九、七。

舒舍予先生

有一位在哈佛教中國現代史的印度人浮拉先生R. B. Vohra到香港來，因為他正在寫一篇關於老舍的博士論文，想要同我談談，並且希望我拾他一點資料。見面以後，我知道他是於一九五幾年在北京讀書，與老舍見過多次，但當時沒有打算寫論文，所以沒有問他個人的歷史。我很慚愧的告訴他，我雖然也可算認識老舍，但對於他個人歷史，則真是一無所知。

這裡所記的也只是老舍同我的幾次接觸，以及他留給我的印象。

老舍在倫敦教中文，在《小說月報》上發表〈老張的哲學〉的小說時，我剛剛進大學。我有一位朋友李正驤對我說，他正在讀一位新作家的小說，非常喜歡。我當時很想找來看看，但因為忙於功課，迄未實行。他從英國回國後在哪裡做事或教書，我都不知道。等我到上海寫稿賣文時，在《論語》半月刊上投稿，才常讀到老舍為寫給《論語》半月刊的那些幽默文章。那時他在濟南齊魯大學教歷史。大概是他於假期中來上海，在《論語》半月刊請客的席上，我第一次碰見他。那時《論語》半月刊主編是林語堂，編輯是陶亢德。隔兩天林語堂先生在家裡請吃飯，林先生住在滬西億定盤路，相當遠，陶亢德接了我，又一同去接老舍，再去林家。

林先生億定盤路的房子是一所很漂亮的花園洋房，老舍一進門就同我說：

「這派頭我們就不能比了。」

林語堂很喜歡老舍在文章上運用道地的北京話。老舍是旗人，北京話說得俏皮，那是不必說了，但我不很喜歡他那種有時故意「耍俏皮」的地方，因為這就跡近油滑，北京話所謂「貧嘴」了。

在談到運用北京話時，老舍有一句給我印象很深的話是：「徐志摩最喜歡用『壓根兒』這句話，但沒有一處是用對的。」

這以後，在他留在上海期間，我們常有見面，也一同看過幾次電影，總是陶亢德約我們在一起的。那時，老舍給我的印象倒不失唯一個誠懇而有風趣的作家。我們自然也偶而談到文藝界的種種。

他對他自己的小說非常自負，談到魯迅，他認為只有雜感可稱首屈一指，小說，則「氣派太小」。至於別人，當然不在他眼裡。那時我很少寫小說。我的寫稿賣文當時也是暫時的客串，我正計畫著要到歐洲去讀哲學或心理學。但是他倒鼓勵我多寫點小說。

以後他回濟南，我與陶亢德還在上海幫林語堂編《人間世》。老舍稿子來往，都由亢德回信，他們倆聯絡得很接近，以後陶亢德就為老舍出書，第一本好像是《櫻海集》，出版者記得就叫亢德書房。

老舍雖早已寫作，但只有到《論語》時代他的文名才比較響亮。這因為當時文藝刊物很少，只有一個施蟄存編的《現代》，而《現代》是門戶之見很深的刊物，對老舍也不怎麼重視。《論語》與《人間世》對老舍宣揚甚力。《人間世》以後，才有傅東華編的《文學》出版，《現代》也就無法繼續存在。後來陶亢德辦《宇宙風》，老舍也是一個主將。

在《人間世》停刊後不久，我就去歐洲讀書；抗戰後，我無法繼續留學，回到孤島的上海，沒有辦法，又繼續過賣文生活，大概這時候我才開始甘心從事寫作。那時陶亢德在上海編《天下事》。老舍已經轉到後方，亢德同他有信札往還，老舍曾叫亢德進去主持出版事宜。

珍珠港事變後，我預備去後方，同亢德談起。亢德叫我到重慶後，與老舍聯繫，希望可以對他作一個安排。我到內地，在桂林躭了幾個月，到重慶已是半年以後的事，我寫了一封信給老舍。記得那時他住在鄉下，一星期進城幾次。他回我一封信，約定一個地方去看他。

那時老舍大概已是全國抗戰文藝協會的理事或會長，或者已經正式的加入左聯了。他同我們在上海往還的時候完全不同，非常虛驕做作。我從上海到重慶，也拜會過國民黨的官貴，後來也把晤到左翼作家中如茅盾，夏衍等，但沒有一個像老舍這樣虛驕而不誠懇的。他既沒有問我淪陷的上海情況，也沒有問我一路來的際遇。一味是淡漠的敷衍，有時還逗著旁邊的一隻小貓。我很疑心他是防備我會求他幫助，所以一談到我情形時，我告訴他我在中央銀行經濟研究處有一個小事。他也許因此而較為安心。最後我談到了陶亢德託我轉達的事。他忽然變淡漠的態度興奮起來，大聲地說：「陶亢德……我有什麼辦法！現在有什麼辦法，寫作出版都不自由。當初他的《宇宙風》……那時候，有我與郭鼎堂，自然可以成功，全靠我與鼎堂……」

他當時的態度實在很出我意外，因為我並不是來替亢德要債，也不是向他交涉什麼。我記得，只是說：「亢德也很想進內地來，上次你曾經寫信給他提起過什麼事，現在你是不是可以替他想想辦法。」之類的意思。

老舍說「沒有什麼辦法」也沒有什麼，扯到寫作出版不自由，實是文不對題。再後面，說陶亢德的《宇宙風》全靠他與郭鼎堂，那真是很奇怪的笑話。陶亢德是一個上好的編輯，他辦刊物從拉稿到發行以及和書販打交道，一個人都可以做，可說是一個全能的人才。我一生遇見過好的編輯很多，但像亢德這樣全能的人才則沒有第二個。我不敢說，郭鼎堂與老舍的稿子於《宇宙風》沒有影響，（事實上，哪一個作家都可以自己這麼說！）

但如果沒有他們兩人的稿子，亢德一定可以拉到同分量的作家與文稿。而他以後所辦的《天下事》之成功就是一個證明。其次，如果老舍為亢德寫稿完全是義務的，沒有受過稿費，老舍還有資格說這句話，而亢德所以能請老舍寫稿，是有使老舍滿意的稿酬的，這種買賣性質的交易，是彼此合適的事。老舍這種話引起我很大的反感。我當時笑笑說：「那我就回他一封信好了。」

那時的老舍的確與以前完全是兩個人。當時他可說真是一個共產黨的外圍作家，共產黨把他捧得「飄飄然」，他自以為真是左聯及文協的真正領導人物了。捧一個外圍的人物來做表面的領袖供他們利用，原是共產黨的普通手法，而老舍那時這付嘴臉，正是反映這種角色。我可以說當時真正左翼的人如茅盾、胡風，夏衍都沒有這種飛揚跋扈的神情。老舍以外，有這種嘴臉的，以後我見之於一些被共產黨所爭取而灼灼捧紅的一些年輕的作家與戲劇界電影界的人士。

一九四六年老舍去美國時，我也在美國，那時有好幾個請老舍的場合也請了我，我都沒有參加。這倒沒有故意避他的意思，而是那時已經勝利，我一方面歸心如箭，另一方面我當時正患嚴重的失眠症，應酬就不想參加了。以後我再沒有會見過老舍。

到香港後，從大陸的許多文藝界風波中，我看到老舍在清算胡風時的發言，知道胡風曾經對老舍作過極嚴厲的批評。後來還知道老舍寫了一個劇本，是採用一個共產黨幹部招搖推撞騙的實事。在發表時，他特別提出來說是羅瑞卿鼓勵他寫的，這種花腔正是老舍愛玩的小手段。對社會主義的社會「暴露黑暗」，是反黨的行為。但因為是羅瑞卿所鼓勵，所以也就沒有人對他指摘。以後羅瑞卿被判為反革命走資派，老舍面對紅衛兵，恐怕也很難解說了。馬思聰的文章中說老舍被紅衛兵鬥死了，我心裡感慨很多。他在這個政權下，已經是盡其聰敏與能力來効勞了。我讀過一篇記載在莫斯科參加什麼節日的文章，他真是用盡力量來歌頌蘇聯要人與大陸頂峯人物在台上出現的情形。我總以為像他那樣總一定可以得「榮歸」「壽終」之喜了，不意仍難免於「身」敗「名」裂，亦可見「政治」之不易「伺候」了。

要知道老舍的生平與作品，自有浮拉先生一類的博士論文可讀，我這裡不過紀錄我的一點印象罷了。

一九六九、九。

悼曹聚仁先生

我認識曹聚仁，是一九三四、三五年之事。那時候我們在上海，我在編《人間世》半月刊。我們雖是認識，但沒有來往。記得有一次他來《人間世》半月刊社，他對林語堂很不滿意，好像是為了林語堂在什麼文章裡談他是「左派仁兄」的話，他發了很多牢騷。《人間世》半月刊由林語堂主編，我與陶亢德是編輯。他坐一會就走了。我對陶亢德說，這點小事他為什麼這麼緊張，陶亢德也想不出是為什麼。這是他第一次給我的印象。以後，我到了歐洲，沒有機會再同曹聚仁見面。一直到抗戰時候，我同一群青年從上海去內地，沿途在報刊上讀到他的戰地報導文章，我們都覺他寫得好，文字流利而有力，對戰局分析得清楚，所下的判斷與推測也都有根據，我很羨慕他有機會跑這麼些地方，看到這麼多東西。我想那正是曹聚仁的壯年時期，他的文章恐怕也正是那個時期為最好。再以後，記得是勝利後了，我們在上海見過兩次面。一次他請吃茶，約了許多作家，好像是為香港一個什麼報紙拉稿。我也在這個茶會上碰見他的太太，第一次也是唯一的一次。寫稿的事情，大概說過也忘了，他沒再催我，我也沒有寫。上海那時候很混亂，每天換銀圓，忙生活，朋友往還很少。他的太太，我是久仰的，以前是務本女校的校花。曹聚仁在務本教書，愛上這個學生，與愛妻離婚。這大概不會是純粹的謊言，也是民國以來常有的事情。以後，我們在香港碰見了，我們都在《星島日報》寫稿，一度還共同掛名做了《星島周刊》的編輯委員，我們開始常有見面。當我辦創墾出版社以後，曹聚仁天天來創墾，我們也自然熟稔起來，我對於曹聚仁比較了解，還是從那時候開始的。

每個人性格上都有許多矛盾的地方，曹聚仁似乎特別顯著。我們的思想意見都不相同，但這倒並不使我們不能做朋友，而這是許多朋友間很難辦到的事情。在許多不同的意見中，見諸於文字的也不少。第一，他主張回大陸，尤其是年輕人。我說這是個人的自由，年輕人應該任他自己來選擇，他的號召人家回大陸，有點不顧人家死活。我寫了〈老鴇的感慨〉挖苦他。第二，關於馮友蘭思想的轉變，他認為是一件大事，他強調馮友蘭思想在抗戰時影響之大，以襯出他的轉變的重要。我寫了馮友蘭思想轉變的文章批評他。第三是關於「具體的共相」我說他沒有了解，就濫用名詞。他都不以為忤。但當我說到他太太是務本女校的校花時，他總是非常緊張地提出抗議；這總使我想到他到《人間世》編輯部時，林語堂說他「左派仁兄」的一種惱怒的緊張。

這些不同的意見，我們同在《熱風》上發表，使《熱風》成為一個唯一的有這樣個性的刊物。因為《熱風》的關係，曹聚仁與李微塵想利用南洋某報的資本，在香港辦報。這事情沒有成功，李微塵倒去了《南洋商報》。曹聚仁也曾申請去星馬，沒有得移民局批准。以後曹聚仁就追隨林藹民辦《循環日報》。曹聚仁那時對《循環日報》抱很大的期望，而且十分的樂觀，還想三個月後出《循環晚報》。但《循環日報》沒有成功，改變成《正午報》。以後曹聚仁就只在《正午報》寫他的方塊文章。在那段時期，我與曹聚仁來往很少。後來我去新加坡南洋大學教一年書，回港後住在大坑道。曹聚仁雖與我住得很近，但他也沒有同我來往。我當時覺得他同我來往，或有不便之處，所以從不主動地去找他。

四年前，曹聚仁到廣華醫院動過一次手術。那時候，陳彬老時時派人送點東西給他，我約同彬老一起去拜訪他，可是彬老總是很忙，橫約豎約都沒有實現，好像我只寫過一封慰候的信，由彬老派人送食物時轉送給他的。以後他病好了，寫了一本《浮過了生命海》的書，他送了一本給我。我覺得這是一本很值得一讀的書。不過我們的往還還是不多。但不知怎麼，從前年開始，他就常常來看我。有幾次，我不在家，所以我要他來前必須先來電話，以便恭候。但他似乎不習慣於打電話，我不在時，他有時留一個條子，後來與我女兒熟了，他也會坐下來與我女兒談些有趣味的事情。我的女兒對我的朋友們很少喜歡，原因是我們總是談她不懂的事情。現在曹伯伯肯同她談些她愛的新鮮的事情，所以很喜歡他。曹聚仁又把他的女兒曹雷的照相送給我女兒，又很辛苦地帶一隻白貓送到我們家裡，他還把他自己做的鹹菜給我們，似比外面買得到的都好。

在這很多往還之中，我們談話已經不牽涉我們的思想與政見，我們談的是一些事實。對許多突變的事件，他比我還詫異。在「文化大革命」以後，如夏衍之被清算，報刊上發表了他跪在地上背上插著白旗的照相，曹聚仁就有更深的感觸。那時候《新晚報》有人寫文章，說我不但反共，而且反祖國；我對曹聚仁說，那些記者，怎麼連大陸的廣播都不聽，北京天天在罵彭真、鄧小平、劉少奇反黨叛國，他們竟還不知道誰是反黨叛國，徐何人，有什麼資格反共反祖國？曹聚仁聽了搖頭大笑，不斷地說：「所以啦……」，「所以啦……」。「所以啦……」是曹聚仁的口頭禪，當他的意見模稜兩可不想表示時，他就用「所以啦……」這句口頭禪。

有一次我對他說：「你怎麼可以隨便同我來往，不怕別人批評你？」他告訴我，他是直屬於國務院，不需要每天寫報告的。雖是如此，但如果有別人托我介紹，想約他談，他總是拒絕見面，這也是我不了解之處。最後幾次來看我，他說，他要組織大陸觀光團，要我參加，我笑笑說我沒有資格，也沒有膽量。不要說他做團長，就是郭沫若做團長，我也不敢參加。他說：「我當然不是團長，我只是隨團記者。團長，那可能是××，××。」我說：「就算我有資格，也有膽量，我也沒有時間。」

曹聚仁初到香港的時候常去小舞場，好像曾經有許多人寫過挖苦他的文章。後來他有了一個女朋友，他用上海話解釋，說是「學生子」。彭成慧是暨南大學出來的，稱曹聚仁為「曹老師」，常常以「學生子」開他的玩笑。曹聚仁為這個女朋友，做過不少燒飯洗衣的工作，後來還把她的作品拿來出版，出版後送我一本，附了一封很熱情的信，叫我同他一起提拔「後進」，寫點批評的文章，但是我因為忙，始終沒有動筆。後來我們知道這位「學生子」去了日本，是曹聚仁資助去讀書的。沒有多久，聽說嫁了人，男方很有錢，自然也不再想做作家了。

到曹聚仁寓所去，總覺得他應該把太太接出來。我好像很早就勸過他，他不願意做，或者是他需要某種自由的緣故，但他總說太太在國內有走不開的原因。後來好像出來過一趟，住了幾個星期就回去了。據曹聚仁說，是他太太的老人家身體不好，需要她去照顧。他住諾士佛台的時候，因為房子拆造，住戶們大家得到一筆不少的賠償費。住大坑道，最後也是要拆造房子，住戶們大概也會請律師向房東要求賠償，醞釀了很久。最後我去拜訪他的時候，樓下的住戶都已搬空，曹聚仁告訴我，他們得不到任何賠償。這些法律上的問題，我也沒有去細問。

我聽到他病得無法起床的時候，曾經去看他兩次。第一次，他已經說就要搬到澳門去。他說他的病是風溼病，醫生說躺一兩年都不定。他躺在床上，精神很好，他有一個外甥在報館做事，每天來照拂他。他還在床上寫稿子，他告訴我只有用「這」一種的筆可以躺在床上寫東西，這筆是日本出品。我同一位同去的李君問他何必還要寫稿，他說不寫也是無聊。第二次去看他的時候，他的妹妹從澳門來了，是來接他去澳門的，也許明後天就搬去。他給我澳門地址，還寫了一個條子，要我到三育去拿他新出版的《秦淮感舊錄第二集》，那第一集是幾個月前就送給我過，這是他所謂「新聞小說」的作品。這部書可以說是他最壞的一部著作，既不配稱小說，也不是什麼「裨史」。學的是《儒林外史》的寫法，可是也毫無《儒林外史》的趣味。

曹聚仁舊學根底不錯，但是他似乎有一種特別「怕落伍」的心理，所以總是搶著看新的書，注意新的問題，也因而往往是一知半解地混合在他的思想之中。而他的可愛處往往也是他的幼稚處。如他時時談到想把海水製成淡水的問題，後來他也看些關於電腦的書，恰巧我的女兒聽了幾次關於電腦的演講，他們也談得很起勁。

在尼克遜訪問大陸前後，美國國務院曾經想請曹聚仁、葉林豐、陳君葆去美國訪問。但是這三位都因老病無法應聘。他在病中同我談到這事，很有點感慨。

在他死後，好像有人說他「生前潦倒，死後蕭條」的話。我覺得他生前並不潦倒，死後也並不蕭條。在生活中，我覺得他至少比我優裕。說他沒有妻兒在身邊，則是他主動的要求。他一個兒子在廣州死於某種爆炸，他曾經寫過文章，謂是為國捐軀，可惜我沒有讀到；他的女兒曹雷曾經主演過幾部電影。他到澳門後，由某富商為他安排到鏡湖醫院頭等病房。享年七十三歲。在這亂世中，這樣一輩子實在也不能說是潦倒與蕭條了。

他在《浮過了生命海》書中說：「我生平有三大志願，一是做戲曲家，我的女兒已經跨著大步去了，把我遠遠地拋在後面了。二是做科學工程家，我的長子在清華大學走這一條路。三是做醫生（我並不想做文人）。我的次子，最近一心一意要到新疆參加生產兵團工作，至少我要出遠門的志願是達到了。（每個人的夢想，別人是想不到的。）清初有一位姓宋的（恕我無力查究），他是散文家，可是孔武有力，第一流技擊家，又會繪畫。他的三個孩子，一個得其散文，一個得其技擊，一個得其書畫，也可說是死得瞑目了。」這種要子女實現自己的夢想，傳遞衣缽的思想，實際上是很帶頭巾氣的封建思想。這種不顧子女的個性與愛好，硬要子女走自己所夢想的路子，正是古舊的封建社會的想法。而事實上，他的小姐曹雷，演過幾部電影，實在並不是所謂戲曲家的事業。兩個兒子，不知哪一位是意外遇難的，也許是在北京的一位。我想或者參加新疆生產兵團的一位，應該是真能承繼曹聚仁「壯志」的一位了。

每一個人都有他的夢想，但有多少人實現過夢想？表面上我們思想某某等大人物的確實現了他的夢想。但事實上，他的夢想並沒有停頓，而實現新的夢想永遠是很遙遠的。於是，他發現自己已經老了，力不從心了，他發現時間不能再等他，最後他發現他的夢想必須有接班人來承繼了，自己的子女也好，徒弟也好，幹部也好。但新的人物已屬於新的時代，他決不會，也無法守著祖師爺的夢想的。這是人生的悲劇，但不一定是歷史的悲劇。

一九七二、八、三。

陸小曼女士

我不認識徐志摩，我在北大哲學系讀書的時候，他在英文系開「英國詩」一門功課。我的同學張香桐就選這門功課，張香桐對文學沒有大興趣，只是太仰慕這位詩人而選那門功課的。（張香桐也即是汪敬熙的學生，後來成為生理學的學者。）我問他，徐志摩教詩教得怎麼樣，他說徐不會教書，只是拿出詩來唸了就是。並且徐志摩三天兩頭告假，原諒他的人說是他是詩人脾氣，不原諒他的人說他是公子哥兒，什麼都是玩玩而已。

我讀過不少徐志摩的書，但讀到《愛眉小札》，我就怎麼也讀不下去，我只覺得肉麻。我當時很年輕，自己也寫肉麻的情書，但不知怎麼，對這種赤裸裸的情懷給別人看，則以為幾近展覽主義或者暴露狂的面目。我想到戀愛這種事是私事，實在沒有給別人看的需要。自然，通過好的文藝的形式，詩歌或小說那就不同了。為什麼？因為它是放在另一個層次上，對欣賞者能保持一種美的距離。後來郁達夫也出了一本《日記九種》，其中也有與王映霞女士戀愛的抒寫。當時有一個朋友對我說，郁達夫文筆真是好，因為他寫肉麻的戀愛生活顯得不肉麻，我拿來看看，也一樣覺得肉麻，不過他沒有像志摩一樣的，把肉麻當有趣，所以比較淡點。這當然都是我個人的感覺，並不足為對於《愛眉小札》這類東西的批評，並不希望別人與我有同感。但由此，我知道世間有一個美人叫做陸小曼。

事隔多年，當我在上海賣文為生的時候，有一次，不知道是誰請客，記得是吃西菜，我去得較晚。趙家璧右面有一個空位，他就招呼我坐在那裡，接著就為我介紹他左首的一個女賓，那就是陸小曼小姐。要在平常場合，碰見這樣平凡的一個女性，我在致禮後不會太去注意，因為聽到是陸小曼，所以就多留意了一下。我想那時候陸小曼還不會到三十歲，不應該說老，但我的確看不出她有什麼特別的美麗之處。她的態度倒是很大方，穿得很樸實，臉上也沒有濃妝艷抹。想到徐志摩對她歌頌之辭，覺得這正是「情人眼裡出西施」的詮釋。其次，我也不得不相信，女人只有在被人「愛」著的時候最美麗。以後我再沒有機會碰見陸小曼，一直到許多年後，好像是哪一年的聖誕節晚上，陳鏗然、徐琴芳約我去跳舞，有琴芳的妹妹路明。在動身之前，他們告訴我先要接翁瑞午與陸小曼。那時翁瑞午與陸小曼同居已久，據說翁會打金針，他們的接近是由翁為陸打金針開始的。是晚上，坐著汽車去，跟著鏗然、琴芳走進一家弄堂房子，我也記不起是什麼路什麼里了。上樓，裡面燈光黯淡，好像擺設的都是古舊的家具，有幾把很大的老式的紅木椅子，後面一張床，床上正亮著煙燈。翁瑞午走過來，陸小曼則坐在床沿上，鏗然為我介紹一下。翁瑞午說陸小曼小姐不想去跳舞了，由他一個人同我們一起去。大概是他到裡面去換衣服的時候，我們才同陸有幾句平常的交談。陸小曼穿一件黑色的衣服，滿面煙容，牙齒都已經掉了，沒有裝上假牙。但不知怎麼，這時候我注意到她的聰慧的眼睛，與她的大方的笑容。翁瑞午打扮好出來，我們告辭就去跳舞，地方是霞飛路的DD'S。翁瑞午穿的是常禮服，但不很合身，他的頭髮，大概是睡在煙榻太久之故，無法梳服，臉上又是滿面煙容，不過想是他是吸了煙出來，所以精神倒是很好，談吐則極其市井氣，說笑話也脫離不出上海灘上油滑的腔調。我當時心裡有一種說不出的迷惑，因為如果說陸小曼有徐志摩所頌揚的那種靈性，似乎與翁先生的趣味距離就太遠了。我們跳舞跳到很晚，臨走時，翁買了一個蛋糕帶給「小姐吃」，我想翁應當是很會體貼陸小曼的一個男人。

以後我沒有再見過陸小曼。但在孤島時代的上海，我與邵洵美很有往還，起初當然是因為他辦刊物要我寫稿之故，後來常常在他家閒談。邵洵美與徐志摩都是富家子弟，留英學生，又都是詩人，以後邵洵美辦新月書店，徐志摩所「領導」的新月派，後台老闆是洵美，所以他們那時有出入相隨，情同手足的交情。我同他往還時，志摩已死，新月早已關門，他的家道也已中落，他也染上了嗜好。他在煙榻上談他過去時，偶爾談到徐志摩，他把志摩給他的信給我看，都是很長很長的信，信裡有事業的理想與前途的打算等等，我覺得都是很熱情與直率的話。他說這些是志摩十八歲時候給他的信，他問我是否已經可以在信裡看到志摩的天才，我說我只看到他的熱情與流利的文字。以洵美與志摩的關係又是志摩與小曼的出版人，志摩死後，他家與小曼應當有友情往還才對，尤其是洵美的太太是個最賢淑聰慧的太太。但是他們竟沒有來往，洵美也很少談到小曼，這點我則不甚了解。還有，陸小曼與趙家璧曾計畫出志摩全集，家璧是志摩的學生，與邵洵美也非常熟，何以沒有向洵美徵集志摩舊日的信札等等，這點我也不解。近讀《作品》雜誌第三期有劉心皇先生的關於陸小曼與徐志摩的文章，文中提到陸小曼的美艷，我不免把我的一點印象寫下來，聊充參考。至於小曼的才華，則自有她的作品在那裡，應該是「有目共賞」的了。

五四以後，文人艷話很多，但往往傳聞失實。想到再遠一點的歷史傳聞中的風流韻事，大概也都是如此。人生其實很短促，英雄大概是翻幾個筋斗，就翻進了墳墓；美人呢，正如鮮花，開過一次也就很快枯萎了。

一九六九、七。

追念余又蓀

從印度回港第二天的早晨，在報上見到台灣大學歷史系主任余又蓀被機器自行車所撞，送到醫院後，不治而死的消息，感到說不出的驚訝。我初則悲傷，繼則半信半疑，再後則覺得人生太似春夢，感到無限空虛。

余又蓀是我的同系同班的同學，我們都是哲學系的學生。畢業後他到日本去留學，大概轉攻歷史，我則在北大轉到心理學系，讀了兩年心理學以後就到上海，一九三六年去法國，抗戰軍興，我乃輟學回上海，其間我同他一直沒有通信。珍珠港事變後，我到重慶，在重慶中央大學兼課，那時我聽說余又蓀本是中央大學總務長，那年剛剛離職去了成都或昆明，所以我仍是沒有碰見他。以後我去美國，勝利後回上海，一直到一九五〇年來香港。大概是一九五三年秋，聽說他來了香港，很想碰見他，後來竟在華美酒家不期而遇。兩人睽隔近三十年，也沒有通過信，可是一見面他也認識我，我也認識他。他說我沒有老，我知道是客氣話，可是我可真的覺得他沒有什麼改變，只是他手拿煙斗，時時點火，則是他以前所沒有的習慣。

余又蓀在學校的時候，是我們學生會的會長，那時學生會有國共兩派之分，爭鬥甚烈。余又蓀好像常能折中兩派，所以成為領導人物。我們哲學系有開會、出席或致詞一類事，也總是推薦他。我在學校裡，除了跑跑圖書館上上課外，很少活動，在學校內，認識的人也很少。連同班同系的同學，也沒有什麼親密的往還。所以雖是活躍的余又蓀，畢業後同我也沒有什麼聯繫。一直到香港重會後，我們才常有來往，而且彼此發現共同朋友很多。他進珠海任文史系主任時，我也去教過幾節課。以後他回台北，我在台北時，又常有往還。他對於關係人事，了解非常深刻；頭腦清晰，通情達理；從不感情衝動，也不願意評人物是非。我覺得他真是一個真正洞悉社會且富有辦事能力的人，所以我常把我自己事情同他商量。我開始發現自己做人的許多戇直與笨拙的缺點。

去年我在台灣，兩次到台大歷史系去看他。有一次我們談到很晚，他約我吃飯，我因另有應酬，沒有接受。我們倆從昏暗的校園裡出來，看見圖書館裡正亮著燈光，我說我是多麼羨慕這些正在求學的青年。他說這裡的用功學生倒很不少，遠比香港的學生肯讀書。以後走到校外，在漠漠的樹林中，他伴我走著，一直等我找到街車才回去，我揮手告別。以後我大概因為忙的關係，沒有再去看他。回香港後，又忙於生活，接著我就去印度，也沒有同他通信。誰知這就無法再見到他，無法再見到他的信了。

他的死，由於被機器自行車所撞。我先聽人說，說他是坐在三輪車內，機器自行車自後面撞來，他撲倒地上，因頭腦觸地，送到醫院後來不及施救。最近有友人自台灣來港，說他是在走路，在南昌街口，被機器自行車撞倒，他倒地後自己並不覺得嚴重，當時有人叫了三輪車送他到台大醫院，因三輪車的震動，大概是內部流血過多，因而致死的。如當時可有病車送他，或尚能趕得及施救，可不至於喪命。對於生死大事，往往決於一分出入，前因後果，可使人悔恨的因素，實在很多。因此，我有時候覺得這些只能委之於命運。我們事後的惋惜，也只能覺得命運的渺茫。

一九六五年。

悼唐君毅先生與他的文化運動

一月二十三日，君毅住在浸會醫院，我同何敬老（敬群）一同去看他，他的精神很好，談鋒甚健，我們走的時候，他還一定要送我們到走廊上。後來聽說他就出院了，我以為沒有什麼事，哪裡曉得沒有幾天他就棄世長逝了。我認識君毅是五幾年，大概是談到許思園兄，因為是共同的友好，所以談了很多。他送我一本他的《人生的體驗》，我讀了非常傾折，我特別喜歡他裡面的一篇附錄——〈我所感之人生問題〉（原名〈古廟中一夜之所思〉）。該書本文中的課題，也正是我常常想到的。他的想法雖並不與我相同，但我喜歡，不但喜歡，而且許多地方我覺得他比我深入，同時也覺得對於人生他比我要肯定。只是他的表現方式我不很喜歡，它可以寫成清楚明白有條有理的說理文章，也可以寫成更形象地來表現的文學形式，而偏偏兩者都不是，說他學巴斯格（Pascal）的思致吧，可是沒有一種撼人心靈的力量，說他學尼采（Nietzsche）的隨筆吧，而也缺少炫人精神的魅力。這些只是我的讀後感，但從沒有機會可以告訴他我的這種感想。他也談起讀過我一些作品，也只是客氣地稱讚幾句。我很希望他可以嚴肅地給我一點教益，而我也可以向他說我對於他的那本《人生的體驗》的讀後感，但是竟沒有這種機會，這因為我們的友情始終只限於這一個層次。以後我們常有見面，有時在宴會中，有時在集會中，有時在友朋的座上，我雖沒有讀他很多的著作，但常讀到他發表的文章，在我編的刊物，他也曾經寫過文章。他的許多見解，有的我覺得很可佩，有的覺得很可愛，但有的則實在使我詫異——詫異像他那樣有思想與學問的人，怎麼會有這樣幼稚的想法與看法。比方他對於五四運動總是要否定它在文化上的意義。有一次為紀念五四的演講中，他竟說白話文運動是毫無意義的。他說談到文學，文言文為什麼不是文學？當時我正坐在他的旁邊，他忽然指著我說，徐先生是弄文學的，一定會覺得我的話是對的。我自然不說什麼，但我當時的確很詫異。因為白話文運動的意義，無論如何，對於以後的文化與文學影響，是沒有法子可以否認的。文言文當然可以是文學，駢文也可以是文學，這話一點不錯，但就因為文學是反映人生的，當社會進步，人生變化，文學的舊形式無法表達新的人生內容、新的思想時，就一定有對於舊形式有革新的要求。這種革新的途徑，不外三種，一種是復古，一種回向民間，一種是吸收或借鑒外來的形式。這在文藝史上不難看到史實。意大利的文藝的復興，一面正是回返到希臘自由精神的復古，一面則是採用本國通俗的言語以代替拉丁文為表達的工具。在中國唐朝的古文運動，正是向駢文作一種解放，唐朝奠國以後，工商業發達起來，外國——胡人的文化傳入，佛教的思想也有更多提倡。駢文實在無法表達這些新的人生與新的思想，所以散文運動就很自然地為大家所接受。我還覺得，當宋詞走到精麗綺靡之途時，元曲的興起，也就是融會了民間的俗話俚語而開闢一條與生活打成一片的大路。五四運動白話文運動也正是一樣，那時社會變動，各種西洋的思想湧入中國，舊文學的形式已無法表達這種繁雜而廣闊的內容，所以很自然地就接受了這形式的解放。這是時代的自然變化，雖有賴於幾個人的提倡，但如果不是時代的要求，這提倡是決不可能馬上被社會所接受的。現在我們對於白話文運動，總是歸功於陳獨秀與胡適之。其實呢，在一八九八年，有一位裘廷梁，早就為《白話叢書》寫了一篇〈論白話為維新之本〉的文章作為序言了。這種文體改革的呼聲，也正是在陳獨秀、胡適之以前，東一聲西一聲在號召，而在一定的時間中，才能夠引起龐大的反應的。君毅對於白話文運動，看作不必要的運動，我當時很詫異，後來我想到，這或者是他對於五四運動「打倒孔家店」的口號的反感而來。五四運動是有它矯枉過正之處，但在當時要打倒舊禮教種種，實在有「打倒孔家店」的標語之必要。真正孔子的面貌如何？儘管可有精通孔子教義者作別方面解釋，而當時這種舊禮教舊道德舊風俗如愚忠愚孝，三從四德，多妻纏足……都是依附儒教的教義而存留著，這則是事實。君毅因為崇奉儒家，對此是不能接受的。最奇怪的是在當年釣魚台事件香港學生運動中，他忽然寫了一篇文章，把這個運動看作劃時代的運動，他認為其意義與聲勢遠超過五四運動，他估計這運動將引起久遠與壯闊的影響，其實當時香港學生的關於釣魚台的運動，其背景與事實，一般人都已經看得很清楚，而他竟完全莫名其妙，其遠離常識得近乎離奇！我想他對當時學生運動作這樣的「期望」，也正是他對於五四運動反感的一種不正常的表現。

當一個民族的文化受別的民族文化衝擊的時候，總是會有兩種相反的態度，形成了相對的兩派，一個是進步的，一個是保守的，前者是迎新，後者是守舊。在十九世紀的俄國對西歐文化的衝擊，就產生一個西化派與一個國粹派，在明治維新時的日本，也是有全盤西化派與文化本位論派。自然在這兩極端中間，有數不清的中間層次，如物質方面西化，精神方面要遵守傳統之類。中國在清末時，已經受到了西洋文化的衝擊，當時就有各種不同的態度，而最占優勢則是「中學為體，西學為用」的說法，但到五四運動以後，全盤西化論漸占優勢，而到了北伐以後，文化本位論的呼聲又高起來。這種鐘擺式的變動，似乎一直沒有停過。而在每一個時期，兩面總是有人來保衛他的信仰，而奇怪的是彼此的攻訐往往還是上一期論爭時的理由，如胡適之編《獨立評論》時曾經有一陣論爭，到台灣《文星雜誌》上又有這種論爭，而雙方所持的理由，前後竟是相仿的。君毅當然是文化本位論的主張者，但與別人不同的，是他特別標出儒家的面孔。他的一篇洋洋大文，用廣博的引證，說明孔子為諸子之首。以文論文，不是一篇壞文章，但是，像這類文章，反面寫來，也可以一樣。這就是說，如果有人要寫莊子是諸子之冠，也同樣可以有廣博的資料來說得煞有介事的。而事實上諸子之所以為諸子，就因為他們不同，他們既然不同，自然彼此不容對方的學說，怎麼還會對孔子特別尊重呢？我們很可以想到古之人正如今之人，即使對於對方為人的尊敬，亦決不會對於其學說的尊敬。這正如在全盤西化論者的眼中，唐君毅的思想與學說，還不是同清末的「中學為體，西學為用」的說法一樣的分量。我以為不談中國文化則已，要談，我們自然要整個地看到諸子百家，個人的喜愛是另外一件事。但一定要說諸子百家都是尊孔子為第一，像世界小姐的選舉一樣，則似乎就未免是故作多情了。

以中國文化本位來說，中國諸子百家當然是我們豐富的文化遺產，我們自可以傲視世界其他的任何文化，如果縮小於儒家的一支，由儒家又縮小於孔孟，由孔孟而縮小於宋儒，由宋儒而縮小於唐君毅，那麼中國文化豈不是貧乏得太可憐了？孔子定於一尊，是漢武帝以後的事，但漢武帝晚年求仙問道，相信方士，這豈是真正孔子的信徒？自此以降，孔子的學說與思想，始終是被統治階級所利用以統治人民。可是這也只是統治的戰略運用，而戰術運用則往往還是法家，這我們是不難在歷史上看到的。至於知識分子，所謂讀書人，當其進取的時候是儒家，而退隱的時候就歸於道家或佛教；當其得意的時候是儒家，而失意的時候又一定歸於道家佛教。我們讀歷代的詩文隨時都可以有這個發現，我想這正因為我們有孔子與老莊，我們的知識分子精神上有一種真正的平衡。所以要說中國人的文化意識，只有整個地承認諸子百家的文化傳統才對。

君毅從儒學出發，肯定一種有別於宗教的與唯物的人文主義，要把人在宇宙中當成一個獨立的創造的精神，這原是一種可愛的想法。但因此，他不重視生理學的、心理學的、科學上的事實，他看輕環境的、物質的、歷史的、社會的重量，這大概就是使他有時候會發出奇怪幼稚的議論的原因。這也所以在他死前，竟對於大陸上停止批孔發出有趣而天真的意念。據唐太太說：「他（唐先生）看到昨天（二月一日）報上說大陸開始恢復孔子的名譽，心裡很高興，要把他的著作寄給大陸的三個圖書館。」我不知道他的三本書是什麼書，但大陸的所謂恢復孔子的名譽，怎麼會是君毅先生所崇奉的名譽？唐君毅要把孔子放在諸子之上，當然並不想把孔子放在馬克思、恩格斯及毛澤東思想之下了！而唐君毅竟因此而高興，這不是太幼稚與太天真了麼？在批孔批林時期，大陸的說法是，孔子是頑固地維護沒落奴隸主貴族統治階級的人物，而法家則是代表當時新興地主階級利益的進步學派，所以孔子是反動的。現在如果說要恢復孔子的名譽，最多也只是把孔子升到為維護新興的地主階級的人物而已，與唐君毅所想象的孔子地位與名譽怎麼可以拉得攏！君毅以重建中國人文精神自任，這原是可敬佩的，但因為他所構想的人文精神是如此的「肯定」與「堅實」，他的排外性就十分堅強，凡是不符合於自己的構想的就敵視，稍稍有巧合於自己的幻影就以為是實在。

一切的現實都用自己偏窄的理想的言詞將它曲解，以使符合於自己的期望，這也就是博學深思的他，有時竟有可笑的幼稚的議論了。而且不但見於議論，在他的行動上，所謂事功的建立，也只是在他意識中的幻影而已，就以他時常提及的新亞精神來說，是不是有他所理想的人文精神呢？同其他的院校有什麼特殊的表現呢？所造就出來的人才，與其他的院校有什麼不同呢？揭開新亞的內幕，還不是風風雨雨，你爭我奪，爭位據名者有之，見利忘義者有之，出賣友好者有之，即使在中文大學合併之運動中，不承認新亞有什麼獨立精神的，不正是君毅的高足麼？有人就說，唐君毅為什麼要死守新亞而談新亞精神，為什麼把新亞精神擴大為中文大學精神——當新亞已經加入中文大學以後？如果新亞加入中文大學以後，怕為中文大學融化而失去新亞精神，那麼新亞精神之脆弱也就可知。在這一點上，我不得不想到蔡元培所創導的北大，他從未標榜北大精神，而北大精神一直維繫在北大學生心靈。

君毅為要建立中國的人文精神，他反對耶穌降生紀元的公曆，他提倡以孔子的生日作為中國的紀元。他反對聖誕的慶祝，而認為中國人應當把孔子的生期作為聖誕來慶祝才對。這種地方，一方面使我見到他的可愛處，另一方面則覺得他的迂執。其實許多習俗是自然形成的，形成了以後，其實誰也沒有計較其原始意義。譬如君毅多次為母喪在寺廟中辦佛事，也只是隨俗而已，難道以君毅的儒學精神，真會相信這些佛事就能超度他母親的靈魂麼？記得劉百閔當時就譏評君毅為母喪辦佛事事，我就從習俗的觀點上為君毅辯護。以前周作人喪女，也是在寺廟中辦佛事，林語堂也覺奇怪，其實這只是習俗而已。如果深究下去，也許可借用榮格（Jung）的心理學的說法。一個民族也許可有集體的民族的綜錯，中國的知識分子在進取的時候是儒家或法家的精神，當其退衰的時候，往往是躲藏到道與釋的懷抱裡了。

在中國本位文化論者中，君毅當然是一個有力的學人，但以他信念要掀起一個文化運動，則這個運動可以說運而未動。就是以對全盤西化論者的敵人而言，也並沒有動搖他們的陣腳。一個運動，是需要天時地利和人和的，五四運動發展為龐大的文化運動，正是有它的天時地利與人和。而君毅所幻想的文化運動，則可說是天時未到，地利不合，人和不濟。他對釣魚台學生運動，竟幻想可與他的中國文化運動相配合，實在已是一種很悲哀的心理綜錯了。

一九七八、三、二六。

姚雪垠

一九四六年，劉同縝與劉同繹昆仲約我一起辦懷正出版社，並出版我的書。劉氏昆仲有兩所很漂亮的房子，他們把一所當作出版社之用。樓上作職員的宿舍，我也占了一間。我的一批寄存上海的書也存放在裡面，原先以為有編輯部之設，可供參考之用。後來我的書倒是陸續出版了，而時局很亂，許多別的計畫如刊物等都沒有法子實現。我因為吃飯不方便，所以也很少住在裡面了。

雪垠是以《差半車麥稭》露頭角的作家。抗戰前夕農村小說風行，農村小說反映中國各地廣大的農村情況，給大都市裡的人看，內容往往新鮮的，所以一時變成時髦的題材。但是這些小說的主題總是農村崩潰，農民被地主剝削，內戰騷擾，或流落為匪，或被收買當兵，或到都市流落，熬資本家剝削與失業之苦，所以寫多了也就成為「差不多」的貨色。力求變化，則寫農民從軍或為土匪後的生活，以及以後抗戰軍興，摻雜寫民族意識階級意識，寫農民之愛國抗日意識的覺醒等。

雪垠的《差半車麥秸》等篇小說寫農民落後的意識及在抗戰生活中的變化，自頗有可取，但他以後的長篇如《戎馬戀》、《春暖花開的時候》就極其平庸淺薄。《春暖花開的時候》裡寫女性三型太陽月亮星星，瀑布洪流寒泉，散文韻文情詩，更流於低俗。他後來寫河南土匪生活的《長夜》，因題材較新穎，故尚能吸引讀者。整個的說起來，他對人生沒有深的體驗，能表現的也只是現實裡一點表面的東西。

他住在懷正出版社，我們見面機會自然很多，但幾次接觸以後，我發覺他對一般現代的知識非常貧乏，對西洋文學流派等常識也毫無。這很使我詫異。我見他談話完全是流行的左派一種型態，所以就同他談談辯證法唯物史觀，他也知道得極少極淺。他喜歡談的是文壇是非，作家恩怨，人與人的糾紛之類，可是這些我知道的既少，又不感興趣。他常常談某人不懂小說，某人不懂寫實主義手法，某人與某人過去如何，現在又如何之類。他對胡風一派（到底包括些什麼人，我也弄不清楚。）痛恨非凡，說他們想把持文壇，打擊異己，並且談起來往往聲色俱厲，一點沒有幽默感。我自然只好唯唯諾諾，以後我就難得同他長談。後來時局緊張，出版滯緩，事情少，我去懷正也少了起來。

懷正除劉氏昆仲外，還有三四個同事，劉氏昆仲是我老友不說外，我同幾個同事因為熟了也都成了好友，我一去總是有說有笑，有時也有爭吵。可是雪垠在樓上從不下來。他同劉氏兄弟也沒有友誼往還。我覺得他實在寂寞，有時上去看看他，我慢慢發現他心裡似乎有很多毛病。他對劉氏昆仲，認為是資產階級，他是作家，自然是在被出版人剝削，所以是對立的關係。對出版社的同事呢？他認為自己是大作家，別人是小職員，所以不屑來往；對於我同大家談笑，似乎也認為是一種低級趣味；有點看不入眼。

這種時時意識著自己是「作家」，是「戰士」，是「革命分子」，一面孔是身負重大使命樣子的人，是左右兩派都有的，但當時則特別見於那些左派的二三流的作家藝術家，以及戲劇與電影界的人士。不過電影界戲劇界人士，也總還有一批經常往來的朋友，雪垠則是連經常往還的朋友都沒有，偶爾有來訪的人，也從不同大家介紹，談完了事情就走了。

時局一天天緊張，懷正無形中瓦解；雪垠也搬了出去，我去玩的時候也少了。但我從懷正出版社的同事口中，知道劉氏昆仲有去香港的意思。就在那個時候，我忽然接到雪垠的信。信很長，說的是同繹同他的版稅問題。他與同繹如何訂約，我從未了解，所以他信內的話，我懂得不多。他先說照合約，同繹應當如何如何；現在，最低限度，必須如何如何，否則，他將不再認同繹是他的朋友了。最後，他訂一個日子請我吃中飯，要我於十一點半到一個地方去看他。

我沒有回他信，就他所訂的日子去拜訪他，但因為我另有他約，不預備同他一起吃飯，所以早去了一個鐘頭。那是一間暗舊的寫字間，放著兩張大寫字檯。我進去的時候，似乎很出雪垠意外，他很不自然的同我介紹裡面另外一個人是韓侍桁。我同韓侍桁應酬幾句話，雪垠似乎也很不喜歡我多與韓交談。

大概是十一點時，韓侍桁說有事出去，房內就剩了我同雪垠兩個人。雪垠說，他約我十一時半，就可以兩個人談談，意思當然是怪我去得太早。我說我因為不能同他一起吃飯，所以早去了一個鐘頭。

他於是同我談同繹，說他沒有信用，說他完全是小商人種種。我說，幣值天天跌，書賬也不見收得回來，他也應對同繹處境有點體諒才好。雪垠於是說同繹自己生活豪奢，對朋友的版稅如何苛刻……諸如此類，最後他忽然又說到信裡的話，如果同繹還想同他做朋友，那麼……，這句話我在他信裡讀到時也不覺得，這時聽起來忽然有一種感覺，他是在說，將來共產黨進來了，他可以幫同繹的忙似的。我聽了心裡很有反感，最後我說，這些話，都是空話，現在大家都需要現金，照目前情形，即使同繹有錢，也絕不會給他的；不過有一點也許可以商量，即是同同繹商量把存書或紙型拆現還他。但這也只有雪垠自己直接與同繹去交涉，我去談反而多轉折，對事情不會有幫助。說完了我告辭出來，他送我到門口。

以後我不知道他同同繹是怎麼交涉的，我可沒有再見雪垠。

一直到共產黨佔領了上海，我聽到關於雪垠的消息，說雪垠大概與地下的黨組織有關係，「解放」前夕，就接收了一家報館，但等正式「解放軍」進來，找去問話有十幾次之多，結果那報館終於又被人「接收」去了。

這樣大概隔了兩三個月，我在徐昌霖那裡碰見雪垠，他像是得了天下般的，非常得意。昌霖的家裡住著一個小明星，雪垠似乎正在約她。對我招呼了一下，敷衍幾句，就匆匆的伴著那位小明星出去了。隔了不久，又在昌霖家碰見雪垠一次，他滿面春風，好像正在收穫「革命」勝利的成果一樣的。他當然還是在找那個小明星，沒有功夫同我談「文壇是非」了。

以後我沒有再見姚雪垠。

到香港後，我時時注意他的消息與作品。但直到現在，我只在一個刊物的廣告上看一個題目，是：《我是一個工人》，具名是姚雪垠。

一九六九、一一。

錢鍾書

前些時候，因為錢鍾書去了一趟美國，很多人談到錢鍾書，有人就要我談談我所知道的錢鍾書。

錢鍾書是盛澄華的同學，我認識錢鍾書是盛澄華介紹的。不過我知道錢鍾書則是遠在我編《人間世》半月刊的時候。那時林語堂住在上海億定盤路。溫源寧大概住得很近，常常來看林語堂。錢鍾書是溫源寧的學生，溫常在林語堂那裡誇讚錢鍾書。後來好像是在《天下》月刊，發表了一篇錢鍾書的文章，林語堂很稱讚它。他拿給我看，我讀後自然也很欣賞。

當我在法國的時候，我與盛澄華都住在大學城，錢鍾書那時也從英國到法國，常常來看盛澄華，所以我也就在那時候碰見了錢鍾書，我們那時有好幾次坐咖啡館聊天。我馬上發現錢鍾書的博聞強記的才能。但是他對於音樂、繪畫、雕塑、舞蹈等似乎都不愛好，他也從未接觸過馬克思主義一套思想。他對於文學書籍看得很多，而且談到什麼都可以引出許多作者與詩人說過的話。

盛澄華後來同我說，錢鍾書說的話，好像沒有一句是他自己的。後來我讀錢鍾書的散文，也覺得他搬引別人的意見太多，掩蓋了他自己的靈氣。這一派散文自有它獨到之處，但是我後來在散文方面，還是喜歡魯迅、徐志摩、林語堂、周作人、梁實秋一類作家的作品。他們中自然每家不同，但他們每個人比較更有自己。

錢鍾書後來寫了一本《圍城》，好像有好些人因為他的博學，認為是一本傑作，我讀了則很失望。以小說論小說，則實在是失敗的作品。其中有些陳俗淺陋之處，出於錢鍾書之筆，實在很令我詫異。我當時忽然想到盛澄華的話，發覺如果說他的散文的缺點是太少自己，他的小說裡則是太多自己。自然，這是他第一部小說，也許第二部小說比較成功。但是他一直沒有再寫。想來《圍城》也正是他一時興起玩玩之作。我覺得他不是寫小說的人。小說的作者不必是文學學者。往往一個流浪漢、一個兵士、一個普通的店員或一個失業的工匠……都可能變為一個成功的小說家。我想，小說的作者是一種熱愛生活而且深入人生，反芻人生的人；往往是一種投入生活，而忘卻自己的人。文學的學者就缺少這一種對生活的狂熱。在這一次去美國以前，錢鍾書曾經去過歐洲。一起去的是四個人，據碰見過他們的史接雲教授說，那四個人都坐過多年的監獄，可是錢鍾書則不願意再提起這件事。

他的太太楊絳，以前我也見過一次，是一個很溫柔而文學修養極高的人。後來聽說她翻譯了塞萬提斯的《唐吉訶德》。她與錢鍾書的結合，可說是非常可羨慕的一對。

其偉——其人・其畫・其事

我認識劉其偉，少說也有十年了。十年來大概每隔一年或兩年碰面一次，每見一次總覺他老了一點，而他的畫則是「高」了一點。對於畫，我是外行，但是我愛好。我常說，藝術是一個最沒有架子的朋友，只要你真正愛它，它一定慢慢會接近你。繪畫、音樂、文藝都是如此，天天接近，時時接近，你很快會在它身邊找到快樂與趣味。這趣味是欣賞中得來的，而很自然地你的趣味也會有變化，就在你趣味變化之中，你會發現藝術是有高下的。我這裡所說的「高」也就是這個意思。

一件藝術家的作品，在初期我們說有進步，不外是兩方面，一是技巧，二是內容。但到了某一個階段，技巧已成熟到自己的一個風格，內容已經限於自己的愛好與信仰，那就很難說進步。這時候，一個藝術家所需要的是變，也就是要突破自己的舊有風格與趣味，我覺得這是藝術最難的一個課題。我常常參觀有名的畫家的展覽會，發現幾十張的畫都是一個趣味，每張都可說是好畫，每張都是精品，但看了以後覺得像只看了一張一樣。我也讀了有些小說家的小說，篇篇都不算壞，可是篇篇都一個味道；那一篇是這幾個情境，這一篇也是這幾個情境；那一篇是這幾個人物，這一篇還是這幾個人物，結果；讀了十篇廿篇小說等於讀一篇。後來我想，藝術家必須有自己的風格，但另一方面，必須時時突破自己的「格局」，前者可說是「執」，後者可說是「破」。另外一方面，我們在一定的時代裡，在一定的社會裡，自然有這時代這社會所形成的一定的型，一個畫家或詩人往往超不出一個時代一個社會裡所風尚的模型。如果一個畫家與作家，能夠在形式與內容上稍稍突破這時代與社會所限制的格局，哪怕開始時是生硬與粗糙，那也是一種真正的創造。我們看看西洋的畫壇，就可以知道他們每一個畫家都在求突破時代所限的型，與社會所限的型，同時也不斷地求突破自己的「型」。

我是外行，對不同的趣味的畫，我只說我愛與不愛，喜歡與不喜歡，不敢說哪一幅好，或哪一幅壞。但有一點則是確定的，就是豐富。當我們去逛西洋現代的繪畫展覽會時，我們馬上可以發現，人家的畫壇的確比我們豐富。而他們每個畫家都是不斷在要求創作，這是無法否認的。一個畫家只有在不斷創新之中，我敢說他一定是有進步的，這是不斷地在生長，不斷在擴展的一種現象。我說每次碰到其偉，每次覺得他的人老了一點，他的畫「高」了一點。高的意思也就是說他是不斷地在生長，在擴展。——而這則正是年輕的現象。

今年暑假到台灣，又與其偉見面了。人，真是又老了一點，畫呢？又是突破了他自己過去的趣味，有幾張作品真是到了唯他獨有的難以企及的境界，有些則還是太多受西洋某一個畫家的影響——這我就不太歡喜了。其偉告訴我，他有一個朋友，說他的文章不好，還是專心繪畫吧！我覺得那位朋友的確是欣賞他的繪畫的。我並不覺得他的文章不好，不過他的文章是別人也不難寫得出的。他的畫則是別人不容易畫得出的。自然，其偉是多才多藝的人，他也懂得工程，也懂得考古，也懂得打獵……可是這些才藝發展起來總是會妨礙他成為好畫家。

事實上，愛好藝術文學的朋友正有不少多才多藝的人，有的有做官的才能，有的有經商的才能，有的有搞政治的才能。每次我回台灣發現這些在做官經商方面發展得得意美好的人，儘管他還是掙扎著想有藝術或文學上的名譽，可是作品不但沒有「進步」，而且多數是「退步」了。這或者也是對其偉的一種勸勉吧！

一九七九、一〇、二四。

盛澄華

在一本楊周翰、吳達元、趙夢蕤主編的《歐洲文學史》上，我看到吳達元的名字加了一個黑框，在審閱全書的同志中，盛澄華的名字也有一個黑框。這是說在這本書出版的時候，這兩位是已經過世了。我不知道，在全書編就及審閱以後，到出版問世的時間是多久。這可能是幾個月，可能是一年兩年，所以我們無從知道他們死亡的時日。

吳達元我不認識，盛澄華則是我很親密的朋友。

我認識盛澄華是一九三六年在巴黎的時候。那時好像他剛剛失戀，非常孤獨，我則是新到巴黎，熟友不多，幾次晤談，很快就成為朋友。後來我們一同搬到大學城去住，我住在比利時館，他住在瑞士館，我們幾乎三天兩頭都在一起。一同吃飯，一同聽音樂會，一同參觀畫展，一同看戲，也一同打乒乓球。

他是清華外文系出來的，他的文藝修養深於我，法文程度也高於我，有時候我就請教他法文。我們都愛好文學與藝術，所以有許多共同的地方，可是我們的背景很不相同，他好像對於文藝以外，很少看到別方面的書，我則因為是讀哲學與心理學的，以後又受時代的影響，讀了不少馬克思主義辯證法、唯物論，社會科學一類的書，所以在許多問題上，我們的意見很有出入。我們有時有很激烈的辯論，但似乎這反而使我們的感情更有增進。那正是紀德最紅的時期，他的紀德熱也是起於這個時期，以後他篤信紀德，去拜訪紀德，後來回國後他就成為紀德的研究者，而在他加入共產黨以後，也成為最尖端的紀德的否定者了。

當時，我還是一個相信馬克思主義的人，他則完全沒有接觸過馬克思主義的思想。談到蘇聯，他總是以紀德的《從蘇聯歸來》及《再談從蘇聯歸來》兩書來否定蘇聯型的社會主義革命。而奇怪的，是當我的思想慢慢的從馬克思主義的範圍中蛻脫出來，他則在大陸解放以後，是第一個加入共產黨的大學教授，當時報紙上特別對他表揚了一陣。

在巴黎時，我還碰到了我們北大的同學韓惠連。她是法文系的同學，大概比我低三四年。在北大的時候，我們沒有交往；但在巴黎，碰見以前的同學，自然格外親密，所以她同我常有來往，而很自然的，她也成了盛澄華的朋友。

一九三七年，抗戰軍興，我於一九三八年回到孤島的上海。讀書的計畫，完全放棄，以後就從事寫作。在孤島的上海，我除了用許多筆名寫抗日的文章外，也開始寫小說與戲劇等文藝作品，雖是清苦，但也竟能靠寫作而生活。就在那時候，我收到盛澄華與韓惠連結婚的喜柬，我寫了一封賀他們的信，也說到希望他們早點回國，以後就沒有再通信。

珍珠港事變後，我離開上海，先到桂林，半年後又到重慶。我又在重慶碰見了盛澄華，那時他在復旦大學教書，他帶了一個三四歲的兒子捷克在一起。韓惠連不在，大概是回北平了。我到復旦大學去過幾次，老朋友重逢，是有這許多可談的。當時我住在重慶姚家巷，每當盛澄華進城的時候，總是住在我那裡。抗戰時生活非常簡陋，他來也就在我的小書房裡打地舖。

一九四四年我去了美國，我們又沒有什麼聯絡。一九四六年，我回上海；他們復旦大學也已搬到上海。但當時幣值日跌，社會非常混亂，我過著非常不正常的生活。我與盛澄華通信，但一直沒有晤面。後來他到懷正出版社來看我一次，我不在，他留了一個條子。以後，我一直想到復旦大學去看他與惠連，可是不知怎麼，總是沒有實現。

上海解放以後，在一個偶然的場合中，我認識了盛澄華兩個在震旦大學讀書的妹妹。從她們那裡，我知道盛澄華在清華教書，惠連自然同他在一起，我好像也同他們通過一封信。而盛澄華成為共產黨黨員，大概也就在那時。後來我還聽到盛澄華因為肺病，在德國醫院住過一陣。

一九五〇年我到了香港，一直沒有同他們聯絡。後來在劉紹唐的著作中，知道盛澄華是與劉紹唐一起參加南下工作團到過廣州。以後在《明報月刊》上看到轉載的盛澄華在北大的一篇演講詞。我也曾間接打聽到他後來也轉到北京大學去教書。

在我知道盛澄華死後，很想知道韓惠連消息。但到最近才有人告訴我盛澄華多年前已和韓惠連離婚，說是因為他愛上了他們西語系一位助教。離婚後，韓惠連帶了三個兒子離開北大。後來盛澄華與一個上海到北京的繡花女工結婚，婚後沒有生育，領養了一個女兒。

文革時，他們一家同西語系其他教授一起下放到鯉魚洲連隊勞動。有一天晚飯後，他同他的愛人一起到外面散步，散步回來，大概是心臟病關係，很快就死了。死後，鯉魚洲曾經給他開了一個追悼會。

他的愛人，則在鯉魚洲回去後，與北大地理系的一位教授結了婚。

盛澄華的一些藏書，聽說都已賣去。這使我想到他以前給我看過的他一直沒有發表過的散文，如沒有出書，不知是不是還有遺稿存在？他的散文多是抒寫他個人在生活上的體驗，與深沉機敏的一些感想，想來是不適合於大陸文壇的風尚。不過現在文藝的氣氛有些轉變，文壇上多有一種色澤的作品，該是沒有問題吧？

從《金性堯的席上》說起

周作人先生給我的信中有「在金性堯的席上……」的話，許多朋友來問我這是什麼一個場合？金性堯是誰？這倒引起我許多回憶感慨。

金性堯，筆名文載道，是一個寫散文雜感的作家。他是《魯迅風》半月刊的一員，《魯迅風》是在「孤島時期」上海出版的一個刊物。所謂「孤島時期」上海，現在年輕的朋友大概不會了解。那是當日本人已經占領了大上海，上海的租界則還未被日本人接收的一段時期。因為租界上還是英、法所謂工部局所管轄，所以在那裡還能維持著一個抗日的愛國的氣氛。《魯迅風》是一本薄薄的刊物，可說是七個朋友的同人雜誌。這七個人，我現在還能想出六個人來。一是王任叔，他那時當已是共產黨員。他是寧波人，很早就寫過小說散文之類。解放後，一度出任駐印尼的大使。後來調回國內，因為主張文藝「人性論」的關係，受到嚴重的批判，以後不知下落。今年少說說也有六十五歲了。二是柯靈，柯靈姓高，是紹興人，後來寫了幾個電影劇本，現在也被清算，說他的電影《不夜城》

是資產階級的立場。三是唐弢，唐弢是郵政局一個職員，他的文筆很簡練，寫雜感，學魯迅，在《自由談》發表時，有時確可亂真。在淪陷的上海，他幫助過上海寄後方的郵件，逃避受日人稽查工作。四是周黎庵，是寧波人。他在高中讀書時就在《人間世》、《論語》投稿，也談明人小品，可見是早見才華的人。他的太太是穆時英的妹妹穆麗娟。穆麗娟本來是戴望舒的太太，離婚後嫁給周黎庵。許多人以為他們的結合很難久長，但是他們一直有一個幸福的家庭，生了一對很美麗的雙胞胎，現在該已是十八九歲的少女了。五就是金性堯，金性堯是餘姚人吧。他的太太也寫散文小說。他的家裡有錢，鄉下有田，上海有房產，他住的房子是自己的。還有一個大概是周木齊，我不熟，所以印象較淺，另外一個我就怎麼也想不起來了。

《魯迅風》是一個消極性的刊物，也即是說態度是在破壞方面，即諷刺批評攻擊，很少有建設的主張。當時的文化界的抗日愛國，大家是一致的。但不知怎麼，我同他們論戰起來。我現在再也找不出當時的材料，究竟我們所論爭的是些什麼問題。在我感覺上，是我不喜歡這種「幫口」性結集，這種幫口性的團結，往往是互相捧場，黨同伐異，一面孔是權威姿態，要包辦革命，也要包辦抗戰的樣子。

我那時年輕，對金性堯這樣富有財主，對周黎庵這樣的才子氣的紳士，板起面孔附和無產階級革命，我覺得像鹹魚商附弄風雅一樣，不禁說了幾句玩笑話，這就挖痛了他們的瘡疤。引起了一陣論戰。但倒也沒有傷害我們私人的感情。

以後時局變化，《魯迅風》停刊，王任叔，周木齊大概去了後方。我同柯靈，唐弢較少見面，但同黎庵與性堯則常有往還。這原因是我們有一個共同朋友陶亢德。亢德是一個喜歡朋友會交朋友的人。當林語堂辦《人間世》半月刊時候，我與亢德都是《人間世》的編輯。我們成了很好的朋友，以後一直有來往。我們倆個性趣味都不同。他是紹興人，能喝酒，常打牌，我則兩樣都不來。喝酒我根本不會，打牌不能說不會，但我不愛打。我常常說：一個人最初玩小皮球，以後愛遠足爬山游泳，再以後則愛跳舞，到愛打牌，則已是老了。老年人無法消磨時間，就只好去打牌。因此我常說打牌是我們祖母的娛樂。這當然是開玩笑的話。如果有幾分道理，也不能包括「為賭博的打牌」與「為交際的打牌」。陶亢德的打牌是為交際應酬的打牌。因為他會喝酒與打牌，所以交友的範圍很廣。

我既不喝酒，又不打牌，可以同亢德做朋友，自然有別種原因，那就是他有許多可敬佩的地方。他是一個我所見的最好編輯之一，也是一個真正的書店的經理人才。他的毛筆字寫得很挺秀，中文的根基也好，他會點日文，可敬佩的是他都是由自修而得，並沒有讀過什麼大學。亢德同金性堯，周黎庵常有接觸，我因此也與他們有往還。我們常常到亢德家裡去，往往一談兩三個鐘點。

孤島時代的上海可記的事情很多。不過不在這篇文章範圍內，這裡也不必提。當時沒有政治性的刊物照常出版，有政治性的報刊都請一個美國人作為發行人的招牌在出版。可是敵偽的搗亂同愛國的特務工作的對立情形很尖銳，作為宣傳武器的報紙自然首當其衝，穆時英就是在汪派報紙工作而被殺的。那時周作人已經擔任偽職，我們大家都為他惋惜。在有一次朋友閒談話之中，我記得施蟄存一句話給我印象很深，他說：「像周作人這樣，對中國這個民族已經不會抱什麼希望了。」但是我從周作人的文章中，似看不出這種跡象。

當珍珠港事變發生後，日本接受了租界。大家除了在日偽的勢力下忍辱做順民外，只有到後方去。做順民自然要有吃飯的職業，這職業如果是普通商店的職員，原無所謂。可是敵偽的政府都在招兵買馬，文化教育各方面都在網羅人才。交友廣闊的人，在別人勸誘之下，生活所繫，往往會一步一步陷入迷陣。起初或以暫時妥協自嘲，或以心不事楚自慰，後事也就自然而然地混下去，甚至以「和平運動」的理論來陶醉。

我是別無選擇，一是到鄉下去種田，一是到後方去。亢德那時候也很想內行，有一次還同我說，屠仰慈正預備把一個印刷所搬到金華去，他也許同他們一起走。還有一次同我說，說老舍以前曾經有信約他進去，我若先去，可同老舍談談，也許可以替他想點辦法。

以後，朱樸之辦《談風》，周黎庵先擔任編輯，事情接洽都在亢德家裡。那時候亢德家裡談話的氣氛很有變化，因此我不敢多去。原因是，如果你的言論同人家不一致，大家很自然地會對你敵視。在珍珠港事變前那個時期，我還碰到一個很想不到的事，這是我從來沒有告訴過人的事情。有一次，一個多年不見的朋友突然來看我，說有事情同我商量，說無論我承諾不承諾，都不許告訴別人。我說我沒有理由要告訴別人。他就對我說，有日本方面負責文化工作的人士，想請我主持文藝運動。錢沒有問題，只要我第一次去會那個日本人一次，以後事情可以由他來做。這使我吃了一驚。因為上海人才濟濟，想活躍的人決不在少數，怎麼會找到我呢？我當時說，我現在每天跳舞賭博，那有心機去做什麼文藝運動。這樣一推托，他就說，他也只是向日本人方面騙點錢，這次戰爭不是短時期的事，我們不能不為一家生活著想，我們是老朋友，他想我也一定不會太富有。我說，現在我是「今朝有酒今朝醉」，沒有想到來日。那時我這樣把他拒絕了，現在日本人已經接收租界，我自然怕他再來找我。所以我很想早點離開上海。

在我離開上海前幾天，我在福煦路上碰到陶亢德太太，她問我是否要到內地去。我說，說不定我很快就走，不過我怕人知道，所以也不到她家裡去辭行了。我最後同她說：「陶太太，這時候你是很重要，你如鼓勵亢德到內地去，他也就走了。現在您府上來往的朋友，談話的口氣都變得很不好。亢德在這裡，也實在很難待下去了。」

在那以後不久，我就離開上海，我曾有文章記載一路上的情形。總之是在我經過金華不久，金華就淪陷了，我知道亢德是不會出來了。當時像我們這種有家室的人，想全家內遷，總難有這筆路費。一個人先走，又怕將來無法與家人團聚。而如果家中無勞力生產，那麼接濟自也困難。周作人先生給我信中所說，一家十幾口待養，自然是實情。亢德當然也是這種關係。但問題是如留在上海，找一件小事情吃吃飯是一件事，而參加日本人的文化工作宣傳工作，甚至到日本去作大東亞運動則是另一件事。陶亢德與柳存仁當時主持太平書店，又一同到日本出席大東亞作家大會，這才成為無法洗刷的罪案。他們兩個人都被判徒刑三年，大概兩年多就釋放了。周作人也是那時候被釋放。

我於一九四六年自美國回到上海。上海那時金融很亂，一日千變。我寄居在親戚家，賣文為主。我自然要去看看過去的老朋友。我一生總是只交失意的朋友的。朋友一得意，往往就不再同我來往；而失意的朋友則多不討厭我。

當時周黎庵就對我說，重慶來的朋友都有重慶的面孔，你倒沒有。我說，我從美國回來，過去重慶的朋友現在都五子登科，又闊又忙；我倒覺得同失意的朋友談談有趣。

亢德出獄後，仍住在老地方，很少出門。我常去看他，我覺得他在獄中兩年多，氣度涵養學識都有進步。他本來會點日文，英文很差，現在英文也能看書了。他沒有計畫將來怎麼樣，總要等時局定了再說。

柳存仁則出獄後就來香港，因為他是廣東人，這裡認識人多，所以可即有此決定。來香港後他先在元朗一個中學教書，一面寫點文章，以後自己進修，考倫敦大學研究漢學，得博士學位，任這裡高等教育官，後來應徵澳洲某國立大學高級講師，現已升教授任該校中國語文系主任。美國新聞處的《今日世界》為之頌揚，作為青年的模範。而亢德則聽說後來同周黎庵同到淮河勞動改造，現在不知在何處工作了。人生的際遇有如此的差別，使我無法相信人的才能與志願，只覺得冥冥之中有命運在擺佈似的了。

周作人出獄後，與亢德很有來往。金性堯仍住在老地方，他請周作人吃飯，自然也請亢德，亢德告訴他我已回上海，他也就約了我。座中有周黎庵，另外還有什麼人，我已想不起來，那時柳存仁大概已離上海，所以沒有他。

那天席上，周作人先生態度冷靜溫和親切，談的似乎都沒有深切的話，也沒有提及牢獄情形等等。他只表示，希望很快就回到北平去。我知道他住在虹口，但沒有再去拜訪他，沒有多久，從亢德處知道他已去北平。

我對周作人，自然很早就知道。我在北大讀書時，他是北大教授，但是我沒有上過他課。我記得在布告牌上他是一個最多告假的教授。當時北大學生都認為語絲派的教授最喜歡告假，只是魯迅例外。不過魯迅在北大授課時期很短，又是兼任講師。周作人是很重要的教授，他不很會教書，但是學生都很願意同他親近。我有幾個朋友，是國文系的學生，雖然對他很敬佩，但都說他不會教書。《傳記文學》裡有梁實秋對他的記載，所說的也是一樣。

但是我們都喜歡他的文章，以後許多學他的人，無論朱自清也好，俞平伯也好，都無法同他比，因為他的文章是有他學力與涵養作基礎，實際上也正是性格使然。他的不做作，不夸張，不急不緩的筆調，同他做人很相同。他這種老老實實談他讀書與見解，中國還沒有一個學者做過，或者敢做過。中國的學者的吹牛，自大，矯飾，以不懂為懂，把沒有讀過的書自稱精通的實在太多。大學教授們兼任官職，每天開會應酬交際打牌不讀書的，幾乎舉目皆然。周作人並不欣賞莎士比亞，他說，這正如太陽也有照不到的地方。他又自認沒有讀過《全唐詩》，這種知之為知之，愛之為愛之的態度，是除了能有所見所立者，不敢也無法有的。他不談大問題，不談不懂的問題，不自充愛國愛階級的志士，或自認為革命，為主義的戰士，不自認學者，不自命文學家，都是他最有守有立之處。

以前有人說「蓋棺定論」，實際上一個人死了，蓋棺豈能論定，尤其是對於一個思想家與作家。但作為一個作家來看，周作人缺少的是神祕感，他之不喜歡莎士比亞一類作者的作品於此很有關係。他的坦白地接受「神滅論」是他的順理成章的思致。所謂神祕感也可說是悲劇感，他之欣賞桓大司馬的「樹猶如此，人何以堪」，還是從人情物理上來說的，並不是由悲劇感的意義來體會的。像「前不見古人，後不見來者」這一種蒼茫的宏博的感覺，周作人是沒有的。同時代的魯迅與胡適之，陳獨秀似也都沒有神祕感，這也許也是時代使然。啟蒙運動時代的人物，第一流的知識階級大概就是清澈明悟，通情達理的一類。

這裡說的都是我個人自己的感覺。對於五四以前的作家，我們要平心靜氣給他們一點真正的批評與估價，我的所見所感或許可為識者的參考。

周作人回到北方後一直從事翻譯。他給我信上所說的他已經譯好的希臘路吉阿諾斯的《對話》二十篇，總計四十七八萬言，大概是他最後的譯著。

悼徐誠斌主教

我認識誠斌應該說是三十多年前的事情，那是一九三八年，他大概還在聖約翰大學讀書，我則剛從歐洲回上海，靠寫作為生。我們認識後雖沒有個別交往，但在共同友好聚晤之間，常有見面。後來珍珠港事變發生，日軍占領租界，我去內地，輾轉於桂林重慶，那一時期一直沒有再見到他。

勝利後，我於一九四八年到台灣，誠斌也在台灣，因為他與周新很有來往，周新也是我的老友，我們也就常常見面。那年秋天，我回上海，誠斌也不約而同地回上海。我們搭同一只船，船上自然有較多的接觸。他回上海後，就去南京到中央大學去教書，我則在上海搞點出版的事情。那時國內通貨膨脹，局勢混亂，我同誠斌也沒有什麼聯絡。一九五〇年，我們又不約而同地到了香港。隨後他進了英國新聞處，我們又常常見面。那時公教進行社在尖沙咀碼頭一個舊樓上，我為吃飯方便，也做了會員，他也常常去那邊，我們因此有機會常常閒談。後來熊式一往英國來香港，又是共同的朋友，我們也多了晤面的機會。

記得有一次我們在公教社喝茶，他說要先走，因為要到港大去上課，我先以為他在教書，他告訴我他在學拉丁文。我說：「你真是了不得，這麼用功。」他說：「反正沒有事，也只是消磨時間而已。」實際上這是客氣話，他那時已經存心去羅馬學神學了。在他去羅馬前，葉紹林請他吃飯，有我，有馬叔庸。那天好像是在夜總會，音樂很鬧，但我們敘談得很快樂。他動身那天，我到船上去送他，可是我走到頭等艙，遍查名單找不到他的名字，甚為悵悒。船快開了，我只得下來，那時候我在碼頭上看到勞達一神父，他正站在甲板上同誠斌話別，我也就站在碼頭上祝他一帆風順。一九五九年他從歐洲回來，到香港公教進行社供職，那時候我住在圍城台，我曾請他到我家吃一餐便飯，同時我約了孫晉三與馬叔庸兩位，那天我們以上海話談天，好像大家又回到上海一樣的親切。

一九六〇年我到南洋大學教書，病了一場，在新加坡中央醫院住了十多天。回到香港後，我很想找一件工作，同誠斌談談，他說：「怎麼，你對寫作厭倦了？」我說：「靠寫作為生，雖也可勉強維持生活，只是必須寫自己都不想看的文章，以及必須在不想發表的地方發表，所以還是找點雜工打打好。」他於是介紹我去看他以前的上司拉斯雷・司密斯，談得很投機，他叫我等機會，以後好像司密斯也離職了。後來，有一位天主教鄧神父辦的《青年文友》的刊物，要公教社接辦，誠斌要我來編。那時海外有兩個地方要請我去教書，正在醞釀中，我怕接下編務半途不幹不好，一方面我對這類性質的刊物興趣不濃，所以我婉拒了他的好意。這期間我們常有見面，有時也一起吃飯。但是每次飯後相約去喝一杯咖啡時，他總是因為有工作不能參加。

有一個時期，他似乎關心我們的信仰問題，他約我與叔庸到一個神父那裡聽道。我有一個族叔是虔誠的天主教徒，我小的時候他曾經叫我每星期去聽教理，後來又把我弄到天主教學校去讀書，但是我始終沒有信教。誠斌的好意，我無法推卻，反正有時間，偶爾與神父談談也沒有什麼，倒是叔庸沒有耐心，聽了兩三次就不參加了。誠斌對我們的冥頑不靈，大概很失望，後來又同我說，有許多難於建立信仰的人，往往是先受洗以後再信仰的。但我沒有作這個嘗試。對於宗教，我是一個常在摸索而摸索不到的人。我慢慢發覺，對宗教真有信仰的人，應該是上智，或是下愚，像我這樣平凡平庸的人大概不容易產生信仰的。對於「主義」的狂熱，也許也正是如此。

我編《筆端》半月刊時，他曾經給我很多鼓勵，那年年底，他還送了一張五百元的支票給我，自然是關心我生活的困難。但是我謝謝他的厚意，退還給他。雖然那年我是向叔庸借錢過年的。他任主教以後，看到他多次為教會為社會發言，都非常中肯，我覺得在他許多才幹之中，這是我初次發現的他的外交才能。我對他的敬佩也自然增加了。而他，也大概因為多次接觸，對我也非常了解與信任，一度他曾經要我到修道院去教課。我因為路太遠沒有接受。他還曾推薦我到某處任教，發現別人對我認識不足而為我辯護。我是一個

「交友雜」「讀書雜」「寫作雜」的人，不得人了解是常事，我也從不對人解釋，但也因此對諒解我的朋友，我總是十分感激的。

我搬到××後，他曾與叔庸來我家吃一次便飯。以後我也曾去看他幾次，都是短促地談幾句，看他很忙就告辭了。在他第一次心臟病後，每次見面，我看他疲倦的樣子，就叫他注意健康。他對於我不滿意現狀，很有批評。我說，大概我是老了，什麼都感到厭煩。我又說，我要用一個齋名，叫作「三不足齋」。三不足者，是錢不夠用，精神不夠用，時間不夠用。他笑著說，錢對他可不成問題，精神與時間他也總是不夠用。我說，那麼你該用「兩不足齋」了。有一次我們在海邊散步，我談到聖誕卡。我說，發聖誕卡真是一件苦事，但接到久違的朋友的賀卡，總是快樂的事。大家在香港的朋友，這實在可以免。我當時忘了他總是每年寄我一張聖誕卡的。他後來談到，西洋聖誕卡的設計真是精緻美麗，我當時就說：「像你那樣每年收到的聖誕卡一定很多，不知道你怎麼處理？」他說：「過了新年也就拋棄了。」「這太可惜。」「有什麼用？」「將來大可以開一個展覽會。」「那下次交給你好了。」「我叫我女兒來給你整理保管。」回家以後，我同我女兒尹白說，她很興奮，但是我始終沒有帶她去執行。否則，如果把誠斌任主教幾年以來所收到的聖誕賀卡整理一下，開一個展覽會，一定是非常出色而別致的。

我同他也可說是老朋友，但自從他任主教以後，我從來不願說這句話，免得有「我的朋友……」之嫌。可是在酒會或任何聚會之中，他總是對別人說我是他的幾十年的朋友。大概是這個關係，外面也有人知道我同他的友情。有幾次，有書店要我為他們編教科書，但要我通過誠斌的關係讓學校採用，我自然都拒絕了，也從來沒有同誠斌提起過。談到過的倒是公教進行社出版部為什麼不出教科書的問題。也曾有人為子女的讀書要我去托托他，我也都拒絕了。我總覺得像這類事情去麻煩他，總是使他為難的事情。

他歸天是五月二十三日下午，當天叔庸打電話給我時，我不在家。我回家聽到家裡人說，那時電視上也已經公布。接著我讀了許多哀悼他的文章。其中最動人最獲我心的是Ivo Rigby爵士的悼詞，因為關於誠斌，他這些話也正是說出了我想說的。我不會翻譯，且把原文節錄兩段在後面：

Bishop Hsu was, to me, the very embodiment of all that is best in the concept and teaching of Christianity. Quiet, unassuming and unfailingly courteous, he had a very pronounced and firm personality of his own and strong views on what was right and just.

He had a lively sense of humour, and possessed of a remarkably liberal mind. He was always ready and willing to discuss any subject.

……

Bishop Hsu was, to me, the ideal example of a very perfect gentleman in the truest sense of that expression, whilst we may rejoice in the fact that he has assuredly gone to his Maker in what we are taught to believe is a happier and everlasting life hereafter, the sad and unhappy fact remains that Hongkong is a sadder and lonelier place without him, without the benefit of his advice and guidance and the visible presence of a deeply respected and much loved personality.

一九七三、五、三一。

我所知道的《西風》

最近有朋友們要出《西風》了，我不知道他們與以前的《西風》有沒有關係，但他們總是因為覺得需要這樣一個性質的雜誌吧，所以叫做《西風》。他們因為我同以前的《西風》寫過不少稿子，所以也叫我無論如何寫一點。

但是不回想到以前的《西風》則已，回想到以前的《西風》，真令人有許多感慨，最無情的是時間，一溜煙似的，計算離當初《西風》的創辦已經有十七八個年頭了。

記得《西風》創辦時候，曾經邀請我合作的。西風社一共四個人——林語堂、陶亢德、黃嘉德、嘉音——連我五個人，每人出二百元。我當時因為要去歐洲，所以沒有參加，後來大概他們每人出二百五十元。第一期《西風》，我是在巴黎讀到的，嘉德還有信叫我寫稿，我當時也需要一點錢養我留在上海的孩子，很想當作一種工作來做，但是因為路遠，投稿沒有興趣，而且那時候我還替《申報》寫通訊，所以寫得不多，後來功課一忙，連申報通訊也不寫了。

我真正為《西風》每期寫稿是在兩年以後。抗戰軍興，我馬上籌備回國，回到上海，已是租界的孤島時代，那時除了極少數的租界裡一些機構外，大都是敵偽的世界，找職業很不容易，我為生活，就必須賣稿，而超然的報刊不多，《西風》就是一個。我在《西風》以外，還在《中美日報》寫一點東西，那時的生活多賴這兩個報刊。半年以後，我才在中央銀行留在上海租界的經濟研究處裡找到一個小事，每天為他們翻譯一點經濟資料，這樣生活才比較安定。可是不到半年，珍珠港事變起來，日本人接管租界，我就不得不棄家內奔，那時候《西風》還在上海，我當然也沒有再寫什麼，沒有多久，《西風》也停刊了。我到重慶後，聽說嘉音到桂林，《西風》在桂林復刊，我不但沒有為它寫什麼，而且桂林版的《西風》我也一直沒有看到過。

抗戰勝利，我回到上海，知道《西風》又在上海出版，訂戶很多，銷路不錯，但是那時陶亢德早已拆伙，林語堂遠在美國，《西風》只剩嘉德與嘉音，我們雖是常見面，但是寫稿很少，原因是年齡不同，興趣也早已改變。我所知道的是嘉德那時在聖約翰教書，《西風》社大部分由嘉音在主持，後來嘉音另外辦一個叫做《家》的雜誌，嘉德又到美國進修，兩兄弟意見也有出入。不過《西風》生意一直是很好的。中國辦雜誌不容易，除商務、中華、開明大書店所出版的雜誌以外，憑幾個人很少錢辦一個雜誌，在顛簸不安的時代中，能夠經營得這樣，實在是一件不容易的事情。這時不得不想到嘉音是有商業上的精明幹練的才能的。

後來，《西風》停刊了，啟事中說到時代已經不需要這種雜誌了。再後來，在嘉德自我檢討的文章中，讀到對於《西風》的檢討，當然也自認為是毫無價值的一種刊物了。

其實，《西風》的初創是想以「西洋雜誌文」為中心的，林語堂常常覺得西洋的雜誌有不是文人寫的好文章，而所寫的範圍往往很廣，如商人寫本行的生意，軍人寫戰役的經過，流氓寫黑社會的內幕，他希望多介紹這類文章，也希望中國有不是文人的作家來寫些這類雜誌文。這意思是很好的。不過當時因編者的視野所限，與中國寫文興趣不普遍，所以並沒有走到理想的路徑。《西風》今日在大陸停刊，要說失敗的話，還是因為在中國英文太普遍，大部分材料與趣味都來自英美。如果一直多有點俄文雜誌的材料，恐怕現在也不必說時代已不需要這類雜誌了吧。

「那麼為什麼還能叫《西風》呢？」有人要說了，「何不叫做《北風》吧。」

也許是的。當這裡的朋友在辦《西風》的時候，可能遠地的朋友在想辦《北風》吧。遙念故人，無限悵惘。

悼吉錚

先是友人謝靜吾告訴我，他碰見一位美國回來的同鄉，談到吉錚逝世的消息，我聽了吃一驚。後來，想可能是另外一個吉錚——紀存，濟曾，或其錚？接著我看到有人引了於梨華悼吉錚的文章，我還是不敢全信，我寫了一封信給於梨華，一封信給范思綺，請他們告訴我確實的情形。於梨華回我信，還寄給我她在中央日報發表的悼吉錚的文章，范思綺來信也附來她在純文學上發表的紀念吉錚的文章。她們的文章都是情文並茂，感人甚深。但是我讀了並沒有流淚，我感到的是一種空虛與幻滅。吉錚之死雖是個人事情，但也正是一個有天賦的人與生活間衝突的結果。

我在芭城的時候，住在范思綺的家裡，由於她的介紹，我認識了吉錚。但是約定在圖書館見面，吉錚來的時候，思綺還沒有出來，我們就逕先招呼了。她的笑容是直率而美麗的。

後來好幾次我們在一起。在一起吃飯時，吉錚把她《拾鄉記》的書名同我商量，我因為沒有讀過她的書，很難出什麼主意，只是就自己對於書名的反應告訴她。一起在車上時，談到她們的家，她們對自己的生活都嘖嘖有怨言。不滿現狀原是人類進步的力量。但我當時想到她們的環境正是台灣千萬的青年女性的夢想——到美國嫁給一個有學問有好的收入的丈夫，自己有一個漂亮的家，在清靜而美麗的環境裡，養幾個可愛的孩子。所以當她們說不滿家室的話時，我說：「但是你必須承認，這丈夫是你自己挑選的，孩子是你自己養的。」

吉錚笑了，思綺也笑了。在笑容中，我很清楚地看出，她們對於自己的丈夫是驕傲的，對於自己的孩子是得意的。

於是，在吉錚的家裡，我碰見了她的丈夫，也碰見她丈夫的母親——一個非常年輕的母親。我們談得很愉快。以後，吉錚要對我寫一篇訪問記。我們兩個人對坐在沙發上，她問我許多問題，其中之一是問我最近的寫作計畫，我說我正在設想寫一篇短篇小說，寫一個隔了二十年舊地重遊的人，約他過去的情人在一個過去常約會的地方見面。他到了那個地方，看看周圍的各種變化，靜靜地等她降臨，但是她一直沒有來，最後，有一個人送了封信來，說她不想再碰見他了，因為她願他仍保留她以前的印象。

吉錚對於我這篇小說的設計很喜歡，她說希望我寫出來後就寄給她看。——而我一直到現在還沒有寫。

她坐在我的對面，對我發問，用筆記錄，神情非常明朗瀟灑可愛，尤其是當她頭部偏動，頭髮波動起伏，身軀移動，手臂伸出交叉，我覺得她儀態很美。如果是一個美國女性，我一定會誇讚一句她的美麗，但是對一個中國的太太，這種誇讚會顯得我輕薄，我自然不敢隨便。

以後我從美國到日本又到台灣，她的那篇訪問記已經在台北中央日報上發表過，我沒有讀到。好像隔了許久，我回香港後她才寄給我的。

接著是她要我為她一本小說寫一篇序，在這篇序裡，我對她的小說並沒有十分頌揚，我說的是像她這種生活中所常有的小說題材的限度問題。她大概不十分喜歡，或者是出版商不十分喜歡，可能沒有採用，因為她沒有送我書。

對於年輕的朋友第一二部作品，我不敢太頌揚的原因，實在是期望他們將來有更好的作品產生。如果一動筆就稱之為李清照，杜甫與莎士比亞，那麼怎麼能還有更好的東西？其次就是我個人的經驗，當我初學寫詩的時候，我有一位老師楊丙辰教授對我有善意的讚許。記得他在大公報發表的一篇文章裡，對我作過分的稱許使我有一種錯覺，這錯覺以後常使我感到臉紅。寫作越多，越發現自己缺乏「天才」，如果有一點點可驕傲的地方，實在都是痛苦與心血的結晶。

到底第一流天才是否可以完全不需要「生活」，這個我不知道，我想，即使有之，千古以來，也只有可數的兩三個人。這幾個少數的「第一流天才」以外，文學作品，總還是要從生活提煉昇華而來。

生活的體驗可以廣，可以深，但必須是在磨難痛苦中產生的。如果陷於平庸而淺俗舒服安定的泥沼裡，想寫出偉大的作品可以說是不可能的。書房裡的作品，沙龍裡的作品，襲用些西洋的寫作上新鮮的技巧，或描寫些沙龍裡有趣的瑣事與趣聞，可能是可愛的東西，但只是第三流的作品而已。

作家之需要生活，正如工業成品之需要原料。我們幾乎可以從現代的任何的作家看到他們如何追求生活：旅行、遊獵、冒險、參加戰爭、奔走革命，甚至是醇酒婦人，以至酗酒與吸毒……是好是壞，我們不敢說，我們可以知道的是他們總是想跳出生活中平庸的樊籠，尋找一種新的經驗，來擴展他的視野與生活範圍。

這不妨說是他們的氣質使然，但也可以說是他們的才華使他們不安於「室」，他們比別人更容易不滿於現狀，他們要求「飛揚」，要求「刺激」，要求「變動」與「變化」。

所謂「江郎才盡」，照我想的，就是這「生活枯竭」，許多人說每個人都可以寫一部小說，這句話我相信可能是正確的；但我還相信很少人可以寫兩部小說。或者說，只有文學家才可以寫兩部小說，許多作家寫了十部二十部的小說，分析起來，往往是一部的翻版而已。

作為一個作家或藝術家，他們經不起「才盡」之苦，這也即是怕「生活枯竭」，因此有的怪家庭牽累他，有的怪社會限制他。他們感到苦痛。要免去這種苦痛，他唯一的辦法，是放棄藝術；他可以做別的不需要創作的事，他可以教書，也可以賣稿，他必須完全放棄要寫「沒有人寫過」的作品這種企圖。他必須改行。有人改行後的確非常愉快，有人則因為仍要寫作，他下意識裡常有苦痛，他常常感到自己有點委屈。

我有一個很有寫作才能的朋友，到馬來亞一個清靜的城市裡教書，起初以為在清靜的環境中可以寫作。可是到了那面後，他同一個同事結了婚，兩個人收入不錯，分期付款，買了房子與汽車，養了兩個孩子，工餘有暇，在小圈子裡打牌應酬，日子很輕易地打發著。我於一九六二年去馬來亞，承他招待在那裡玩了幾天。我說：「你現在生活很安定，收入也不差，應該很快活了。」他說：「可是我的寫作的生命完了。」我看他仍在懷念他的寫作生命，就知道他不會十分快活。有一次同幾個人在一起，談到現在新出的一些可注意的作家時，他很有點不安，他始終在自信，如果他一直從事於寫作，他的成就一定會高於這些作家的。我當時自然也僅能隨便應諾而已。

放棄自己的天賦（不管這「天賦」是多是少），是同放棄自己所愛的情人一樣，往往放棄了，而在久久以後，還會常常想到。許多人不能堅持他「天賦」的要求時，實際上也正是他「天賦」有限。一個有較高「天賦」的作家或藝術家，他一定要向「生活枯竭」挑戰，這可能會使他在道德上有缺點，使社會對他許多行為有所誤解。我想這也可以解釋許多藝術家做出對不起父母，對不起太太，對不起子女，以及對不起自己的行為。為怕「生活枯竭」，他常會放棄安定而愉快的家庭，他會放棄美好的職業，也會放棄他父母為他安排的美麗的前途，與自己當初以為很好的某種生活格式。

當吉錚坐在我對面訪問我的時候，我心裡想她應當是一個好的記者（那時候，我完全不知道，她去美國時想進新聞學院，並且以後仍惋惜沒有去實現這個志願的）。但當我看到她的美好舒適的家庭，與設想她每天的瑣碎生活時我就不覺生出一種疑問：難道這樣的環境也能產生很出色的作家麼？吉錚要以寫作消遣消遣她寂寞的家庭生活，這沒有什麼，但她要想寫得成功，這當然是一件煩惱。作為一個作家，一開始往往相信自己的天才，往後就知道「才」是很容易「盡」的，除非有生活的培養。天賦較高的作者，有意識地與無意識地就會發現，「成功」兩個字，第一步就是不落窠臼，不落人家的窠臼與不落自己的窠臼。要作品新鮮，就要生活豐富。因此他必需要求生活。他可能要跳出家庭，投入社會運動，追隨革命，她可以去接受浪漫的愛情，她可以探求她所不熟識的人生。

作為一個作家（或藝術家），有時候就需放棄許多東西，有時候也必須接受許多挑戰。這是局外人所不能了解的。佛弟子修道，坐在菩提樹下打坐，有許多幻象來試探。先是猛虎毒蛇，再是利斧烈火，後乃美女獻情，又報父喪母病。一個作家或藝術家也有這種正正反反的試探。有許多天賦稍薄的人，埋於安定舒適生活中有之，奔而迎合時好者有之，變為商，變為官，變為「學者」或「教授」者有之。他可能是聰敏能幹，但從此再不能創作，而只會開會演講了。

有許多作家，為求「生活」的擴充而去革命，結果捲入「政治」，而放棄了寫作；有許多詩人，為謀「生活」安定，而去經商，結果發了點財而不能寫詩；有許多音樂家為養家而去教語言，最後就成了語言教員而放棄音樂。能在許多生活變化之中，在任何環境中，沒有忘去「寫作」的，則必是更有天賦的作家或詩人。當一個環境使他「才」盡之時，當一個環境使他發現「生活枯竭」之時，他千方百計想換環境找刺激則正是他的創作欲的要求，也正是他的天賦逼他有這個要求。

吉錚也正是一個無意識地想從她的「生活樊籠」跳出來的作家。這也足夠證明她的天賦是較厚與較高的。我說她「無意識」，則是因為她自己不知道她需要的是什麼。她如果知道自己所企求的是「寫作」，她一定會往另一個角度去試探她可以跳出樊籠的門窗。

但是「寫作」是一件事，「生活」是一件事，生活不安定固然不能寫作，生活太安定了也並不能「寫作」。近年來，我常常聽到人羨慕「太太作家」，說她們因為有丈夫養著她們，她們什麼事不用做，可以專心寫東西。但是事實上，就因為可以什麼事不做，生活就越過越狹，一部兩部書以後，就再沒有什麼可寫，再寫也變成玩七巧板一樣，只是把七塊相同的板變換一個擺法而已。

追悼吉錚，談到寫作，寫作而至於賣稿，我不得不想到我們賣稿的生活的可憐。如果吉錚知道寫作生涯是如此沒有前途，作品的好壞又是如此沒有標準的話，那麼她也早該壓抑寫作的熱情而另謀昇華，這或者可使吉錚不至於如此早死了吧？

徐訏文集・散文卷01　PG1836

念人憶事

作　　者　徐　訏
責任編輯　林昕平
圖文排版　周政緯
封面設計　王嵩賀

出版策劃　釀出版
製作發行　秀威資訊科技股份有限公司
114 台北市內湖區瑞光路76巷65號1樓
電話：+886-2-2796-3638　傳真：+886-2-2796-1377
服務信箱：service@showwe.com.tw
http://www.showwe.com.tw
郵政劃撥　19563868　戶名：秀威資訊科技股份有限公司
展售門市　國家書店【松江門市】
104 台北市中山區松江路209號1樓
電話：+886-2-2518-0207　傳真：+886-2-2518-0778
網路訂購　秀威網路書店：http://www.bodbooks.com.tw
國家網路書店：http://www.govbooks.com.tw
法律顧問　毛國樑　律師
總 經 銷　聯合發行股份有限公司
231新北市新店區寶橋路235巷6弄6號4F
電話：+886-2-2917-8022　傳真：+886-2-2915-6275

出版日期　2017年8月　BOD一版
定　　價　250元

Printed in Taiwan

國家圖書館出版品預行編目

念人憶事 / 徐訏著. -- 一版. -- 臺北市 : 釀出版, 2017.08

面； 公分. -- (徐訏文集. 散文卷 ; 1)

BOD版

ISBN 978-986-445-213-2(平裝)

855 106011996

讀者回函卡

感謝您購買本書，為提升服務品質，請填妥以下資料，將讀者回函卡直接寄回或傳真本公司，收到您的寶貴意見後，我們會收藏記錄及檢討，謝謝！如您需要了解本公司最新出版書目、購書優惠或企劃活動，歡迎您上網查詢或下載相關資料：http:// www.showwe.com.tw

您購買的書名：________________________________

出生日期：________年________月________日

學歷：□高中（含）以下　□大專　□研究所（含）以上

職業：□製造業　□金融業　□資訊業　□軍警　□傳播業　□自由業

□服務業　□公務員　□教職　□學生　□家管　□其它____

購書地點：□網路書店　□實體書店　□書展　□郵購　□贈閱　□其他

您從何得知本書的消息？

□網路書店　□實體書店　□網路搜尋　□電子報　□書訊　□雜誌

□傳播媒體　□親友推薦　□網站推薦　□部落格　□其他________

您對本書的評價：（請填代號　1.非常滿意　2.滿意　3.尚可　4.再改進）

封面設計____　版面編排____　內容____　文／譯筆____　價格____

讀完書後您覺得：

□很有收穫　□有收穫　□收穫不多　□沒收穫

對我們的建議：________________________________

____

____

____

請貼
郵票

11466
台北市內湖區瑞光路 76 巷 65 號 1 樓
秀威資訊科技股份有限公司 收
BOD 數位出版事業部

……………………………………………………………………………………

（請沿線對折寄回，謝謝！）

姓　　名：＿＿＿＿＿＿＿＿＿＿　年齡：＿＿＿＿　性別：□女　□男

郵遞區號：□□□□□

地　　址：＿＿＿＿＿＿＿＿＿＿＿＿＿＿＿＿＿＿＿＿＿＿＿＿

聯絡電話：(日)＿＿＿＿＿＿＿＿＿＿＿　(夜)＿＿＿＿＿＿＿＿＿＿＿

E-mail：＿＿＿＿＿＿＿＿＿＿＿＿＿＿＿＿＿＿＿＿＿＿＿＿